善，怎麼知道？
惡，如果真有惡這東西，
為什麼不該認識，
認識了才好躲避？

經典3.0
ClassicsNow.net

靈魂的史詩

失樂園
Paradise Lost

約翰‧彌爾頓John Milton 原著

張隆溪 導讀

吳孟芸 故事繪圖

他們這麼說這本書
What They Say

插畫：江易珊

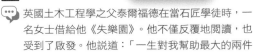
一生對我幫助最大的兩件事之一就是閱讀失樂園

泰爾福德 Thomas Telford

📅 1757 ～ 1834

💬 英國土木工程學之父泰爾福德在當石匠學徒時，一名女士借給他《失樂園》。他不僅反覆地閱讀，也受到了啟發。他說道：「一生對我幫助最大的兩件事：一是閱讀失樂園，二是學習工程畫。」

雪萊 Percy Bysshe Shelley

📅 1792 ～ 1822

💬 英國浪漫主義詩人雪萊認為文學和社會是相聯繫的。他說道：「彌爾頓在愚昧的復辟時期創造了撒旦的光輝形象，具有反專制的道德力量。」並且稱讚：「彌爾頓巍然獨立，照耀著不配受他照耀的一代。」

巍然獨立照耀著不配受他照耀的一代

出於同春蠶吐絲一樣的必要而創作

馬克思 Karl Marx

📅 1818 ～ 1883

💬 德國思想家馬克思認為彌爾頓的創作是不受資本家的支配，是一種自由的精神生產。他說：「出於同春蠶吐絲一樣的必要而創作《失樂園》。」

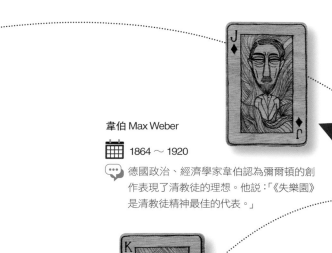

韋伯 Max Weber

📅 1864 ～ 1920

💬 德國政治、經濟學家韋伯認為彌爾頓的創作表現了清教徒的理想。他說：「《失樂園》是清教徒精神最佳的代表。」

清教徒精神最佳的代表

張隆溪

📅 1947 ～

💬 這本書的導讀者張隆溪，現任香港城市大學比較文學與翻譯講座教授。他認為：「《失樂園》之所以成為英國文學、乃至世界文學中一部偉大的經典，除了史詩場面和氣魄的宏偉、詞句的鏗鏘優美和風格的崇高壯麗之外，就在於詩中探討的是人生中的大問題，詩中有大哲理和大智慧。」

詩中有大哲理和大智慧

你

📅 ？

💬 在二十一世紀此刻的你，讀了這本書又有什麼話要說呢？請到classicsnow.net上發表你的讀後感想，並參考我們的「夢想成功」計畫。

你要說些什麼？

書中的一些人物
Book Characters

插畫：江易珊

根據《創世記》，上帝先在黑暗裡混沌中創造了光，接著創造了天地生物和人。因為亞當夏娃違背上帝的旨意偷食禁果，因而被逐出伊甸園。

上帝

撒旦

撒旦原本是一位天使，但拒絕臣服於上帝之子，所以率領其他天使叛變，這場天堂戰爭撒旦一方失敗，而被打入地獄。為了戰勝上帝，讓人類歸順自己。撒旦化身為蛇到伊甸園引誘夏娃食用知識之果，使得吃了禁果的亞當和夏娃被上帝驅除出伊甸園。

亞當

上帝以自己的形象用泥土創造了第一個男人亞當，並讓他居住在伊甸園裡。因為他感到孤單，所以上帝又創造了夏娃。當他們食用禁果後，被逐出伊甸園，亞當被罰必須辛苦勞作才有食物。

上帝從亞當的肋骨創造了一個女人夏娃，蛇引誘夏娃偷食了禁果，亞當不願獨留伊甸園於是也吃了禁果，兩人因此被逐出伊甸園。夏娃受到的懲罰是必須受分娩之苦。在《失樂園》這本書中，夏娃雖然犯罪，但也首先表達了懺悔謙卑之意，在彌爾頓的價值觀念中，謙卑和懺悔才是基督徒的美德，也是人能夠得救脫罪的唯一途徑。

夏娃

上帝在天堂已預知撒旦將引誘人類墮落，便對聖子耶穌基督預言亞當與夏娃將違背上帝禁令，偷食禁果，並由此而喪失樂園，帶來死亡。基督對於人類將因此受罰，頓生憐憫之情，便自告奮勇，願意犧牲自己，為人類贖罪。

耶穌

**大天使
邁克爾**

在亞當夏娃即將被逐出伊甸園前，大天使邁克爾告訴亞當，只要有正確的認識並且懺悔，他就不會悔恨離開樂園，卻會在自身擁有一個更為美好的樂園。

這本書的歷史背景
Time Line

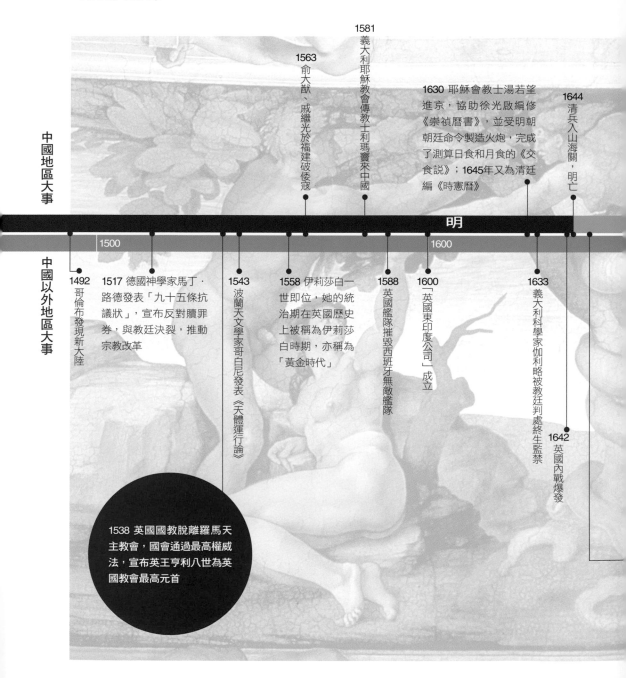

中國地區大事

中國以外地區大事

1563 俞大猷、戚繼光於福建破倭寇

1581 義大利耶穌教會傳教士利瑪竇來中國

1630 耶穌會教士湯若望進京，協助徐光啟編修《崇禎曆書》，並受明朝朝廷命令製造火炮，完成了測算日食和月食的《交食說》；1645年又為清廷編《時憲曆》

1644 清兵入山海關，明亡

明

1500

1600

1492 哥倫布發現新大陸

1517 德國神學家馬丁‧路德發表「九十五條抗議狀」，宣布反對贖罪券，與教廷決裂，推動宗教改革

1543 波蘭天文學家哥白尼發表《天體運行論》

1558 伊莉莎白一世即位，她的統治期在英國歷史上被稱為伊莉莎白時期，亦稱為「黃金時代」

1588 英國艦隊摧毀西班牙無敵艦隊

1600「英國東印度公司」成立

1633 義大利科學家伽利略被教廷判處終生監禁

1642 英國內戰爆發

1538 英國國教脫離羅馬天主教會，國會通過最高權威法，宣布英王亨利八世為英國教會最高元首

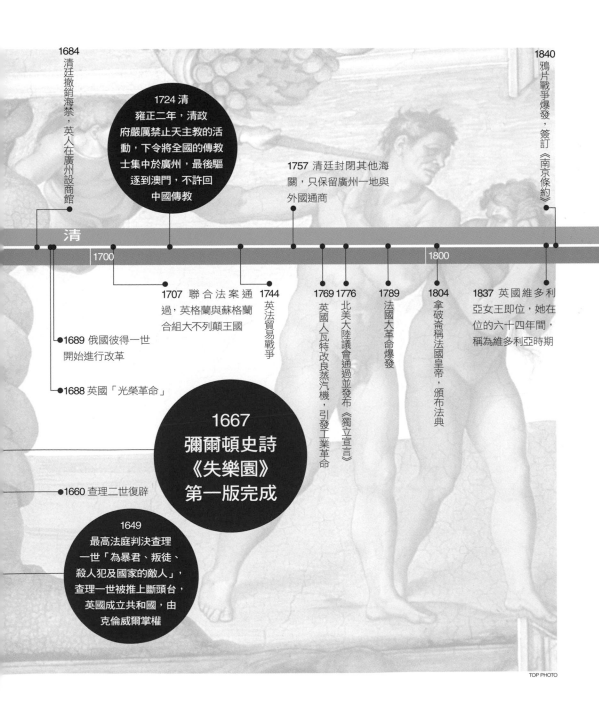

1684 清廷撤銷海禁，英人在廣州設商館

1724 清 雍正二年，清政府嚴厲禁止天主教的活動，下令將全國的傳教士集中於廣州，最後驅逐到澳門，不許回中國傳教

1757 清廷封閉其他海關，只保留廣州一地與外國通商

1840 鴉片戰爭爆發，簽訂《南京條約》

清

1700

1800

1707 聯合法案通過，英格蘭與蘇格蘭合組大不列顛王國

1744 英法貿易戰爭

1769 英國人瓦特改良蒸汽機，引發工業革命

1776 北美大陸議會通過並發布《獨立宣言》

1789 法國大革命爆發

1804 拿破崙稱法國皇帝，頒布法典

1837 英國維多利亞女王即位，她在位的六十四年間，稱為維多利亞時期

1689 俄國彼得一世開始進行改革

1688 英國「光榮革命」

1667 彌爾頓史詩《失樂園》第一版完成

1660 查理二世復辟

1649 最高法庭判決查理一世「為暴君、叛徒、殺人犯及國家的敵人」，查理一世被推上斷頭台，英國成立共和國，由克倫威爾掌權

這位作者的事情
About the Author

1608 莎士比亞在1600-1608年間創作四大悲劇《哈姆雷特》、《李爾王》、《馬克白》、《奧賽羅》

1621 明代小說家馮夢龍所編的短篇小說《喻世明言》刊行

1637 法國思想家笛卡兒發表《方法論》

明

作者的事情

1608 十二月九日出生於倫敦麵包街上的富裕清教徒家庭

1620 就讀倫敦的聖保羅學校

1625 獲准進入劍橋大學的基督學院就讀大學,並開始寫詩

1629 大學畢業,之後繼續在劍橋大學攻讀碩士

1632 獲頒碩士學位。畢業後展開閱讀廣大經典著作的計畫,並創作兩部長詩《喜樂的人》與《憂鬱的人》

1634 在拉德洛城堡上演舞台劇《酒神之假面舞會》

1635 擇居巴克郡的荷頓,繼續自己的雄心閱讀計畫

1637 母親去世;出版《酒神之假面舞會》

1638 展開歷時十五個月的旅行,遊歷法國、瑞士與義大利,並拜訪當時被天主教會軟禁的伽利略

1640 開始撰寫關於評論教會體制的小冊子,倡議廢除主教制度

1642 與十七歲的瑪麗·鮑威爾結婚,新婚三個月,妻子就拒絕回家。彌爾頓因此寫下《離婚的理論與實踐》,於1643年出版。彌爾頓一生三次結婚,妻子年齡都與他相差懸殊,婚姻中有多次衝突

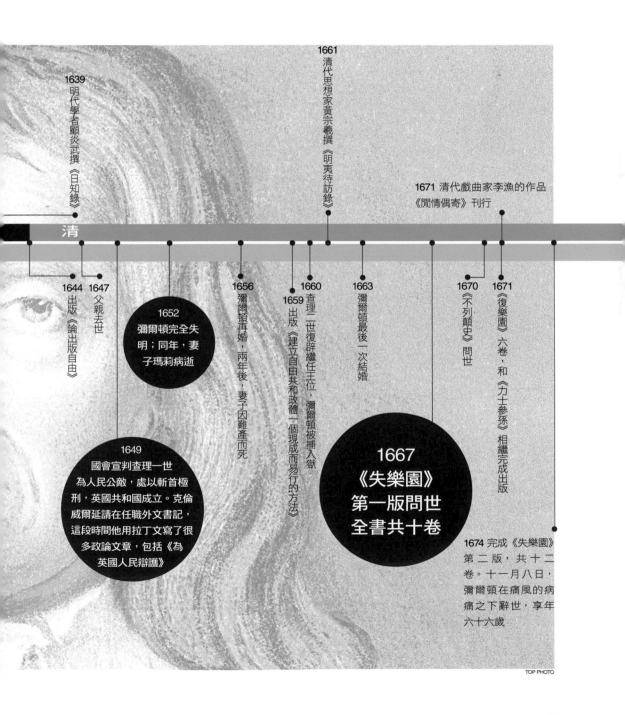

1639 明代學者顧炎武撰《日知錄》

1661 清代思想家黃宗羲撰《明夷待訪錄》

1671 清代戲曲家李漁的作品《閒情偶寄》刊行

清

1644 出版《論出版自由》

1647 父親去世

1652 彌爾頓完全失明；同年，妻子瑪莉病逝

1656 彌爾頓再婚，兩年後，妻子因難產而死

1659 出版《建立自由共和政體一個現成而易行的方法》

1660 查理二世復辟繼任王位，彌爾頓被捕入獄

1663 彌爾頓最後一次結婚

1670《不列顛史》問世

1671《復樂園》六卷，和《力士參孫》相繼完成出版

1649 國會宣判查理一世為人民公敵，處以斬首極刑，英國共和國成立。克倫威爾延請在任職外文書記，這段時間他用拉丁文寫了很多政論文章，包括《為英國人民辯護》

1667《失樂園》第一版問世全書共十卷

1674 完成《失樂園》第二版，共十二卷。十一月八日，彌爾頓在痛風的病痛之下辭世，享年六十六歲

這本書要你去旅行的地方
Travel Guide

倫敦 London

TOP PHOTO

● **麵包街**
彌爾頓出生於倫敦麵包街上的富裕清教徒家庭。

TOP PHOTO

● **聖傑爾斯教堂**
一座哥德式教堂，曾舉辦過克倫威爾的婚禮。彌爾頓死後埋葬於此。

● **西敏寺詩人角**
西敏寺教堂中埋葬英國著名文學家的地方，如喬叟、莎士比亞、狄更斯等。1737年在這裡為彌爾頓立了紀念碑。

● **國宴廳** 昔日白廳宮的一部分。白廳宮曾經是歐洲最大的宮殿，是十六、七世紀英國國王在倫敦的主要居所，後來被火焚毀。1649年，查理一世在國宴廳前的斷頭台被處死。

TOP PHOTO

● **國會大廈** 位於泰晤士河畔，十六世紀中葉以後，這裡成為議會所在地，查理一世被宣判死刑、克倫威爾被宣布就任護國公等，都是在這裡發生的。

● **彌爾頓故居** 位於英格蘭南部白金漢郡。1665年彌爾頓於妻子為躲避倫敦的瘟疫，搬到此地居住，並在這裏完成了《失樂園》。

劍橋 Cambridge

Andrew Dunn攝

● **劍橋大學** 成立於1209年，彌爾頓曾經在劍橋大學就讀，牛頓、培根、拜倫、維根斯坦、徐志摩等人也都是著名的校友。

佛羅倫斯 Florence

TOP PHOTO

● 彌爾頓曾經來到義大利佛羅倫斯，拜訪被軟禁在附近小莊園中的伽利略。

目錄 靈魂的史詩 失樂園
Contents

封面繪圖：吳孟芸

「靈魂的行動」恰好是《失樂園》之精華所在，也是因之而使《失樂園》成為人之精神的偉大史詩，而不是讚頌肉體行動和英雄業績的史詩。

伊甸園的故事

從此我認識到，順從是最好的，
畏懼並敬愛唯一的神，一切舉動都像在他跟前，
隨時尊從神意的天命，以他為唯一依靠，
對他所造的一切都施以悲憫，
以善勝惡，以細小的行動成就大的事業。

1.0

導讀

張隆溪

現任香港城市大學比較文學與翻譯講座教授。2009年被選為瑞典皇家人文、歷史及考古學院外籍院士。主要著作有《二十世紀西方文論述評》、《走出文化的封閉圈》、《中西文化研究十論》、《道與邏各斯》等。

叢書導讀者的演講，請到 OraclesNow.net

十七世紀 由強調信仰與宗教的主軸跨越成為科學與理性的時代。同時，國王亨利八世宣布脫離天主教獨立。且馬丁‧路德之後，歐陸的宗教改革浪潮也席捲英國，英王詹姆斯一世號召學者翻譯《聖經》，破除天主教對《聖經》只有拉丁文一種語言存在的限制與規範，英國人皆可讀得懂。前往美洲新大陸的移民者也越來越多，他們希望在新的「應許之地」找到開花結果的樂園。

（右圖）十四世紀的希伯來《聖經》手稿中，《創世記》的篇章以及插圖。

在英國文學乃至世界文學中，約翰‧彌爾頓的《失樂園》都是一部重要經典，是我非常喜愛的作品。記得美國作家馬克‧吐溫（Mark Twain）曾很幽默地說，所謂經典是「人人都掛在嘴邊，卻誰也不去讀的書」。在某種程度上，可以說《失樂園》就是這樣一部經典，雖然並不是沒有人讀，但即便在英美，這也不是大多數人都讀的書。許多人認為彌爾頓因為精通拉丁文，用拉丁文寫了很多詩和散文，所以他的英文也受拉丁句式影響，詞彙和句法都複雜難懂，所以不願去讀。但只要真正取彌爾頓的著作來讀一讀，就知道這看法似是而非，因為他的詩並不難懂，尤其像《失樂園》這樣的經典名著，讀來會吸引各類不同的讀者，哪怕這些讀者在語言、文化、歷史和社會環境等諸多方面都非常不同。其實那可以說正是經典的定義，因為正是不同時代不同環境的讀者都自願去閱讀的著作，才成其為經典。

給夏娃新的定位

經典不是任何人可以隨意製造，也不是任何人可以隨意銷毀的。就像中國文學經典如唐詩宋詞、元明戲曲和明清小說，從李白、杜甫、蘇軾、陸游到《三國演義》和《紅樓夢》，沒有人可以強迫我們去閱讀，但這些作品以其本身的藝術價值吸引一代又一代的讀者，成為不朽的文學經典。不過在二十世紀西方文學批評理論中，有廢除傳統經典（decanonization）的理論，認為經典都是某種權勢或統治者的意識形態人為決定的，所以也可以人為製造或銷毀。有些批評家，尤其是女權主義批評家，往往把彌爾頓的《失樂園》視為傳統父權制觀念的代表，表現了輕視和壓制女性的思想。但只要取彌爾頓的著作來認真閱讀，尤其理解他對基督教謙卑、順從等美德之重視，就可以知道這至少是對彌爾頓的誤解。既然《失樂園》是按照《聖經‧創世記》的故事講述亞當夏娃偷食禁果，受上帝懲罰而被逐出樂園，基本情

non fuiffe aufum affirmare fe raptū
in corpore fed dixiffe·fiue in corpore fi
ue extra corp° nefcio deus fcit. Hijs et
talibz argumentis aporiphas in li
bro ecclefie fabulas arguebat. Super
qua re lectoris arbitrio iudiciū derelin
quens illud ãmoneo non haberi da
nielem apud hebreos inter pphetas:
fed inter eos qui agyographa confcri
pferūt. In tres fiquidē partes omnis
ab eis fcriptura dūiditur : in lege et
prophetas et in agyographa id eft
in quiq; et octo et undecim libros· de
quo nō eft hui° teporis differere. Que
aūt ex hoc ppheta·ymmo contra hūc
librū porphirius obiciat teftes funt
methodi° eufebius appollinaris: qui
multis verfuū milibz eius vefanie re
fpōdētes nefcio an curiofo lectori fatif
fecerint. Unde obfecro vos o paula et
euftochiū fundatis ,p me ad dūm pre
res : ut quãdiu ī hoc corpufculo fū fcri
bā aliqd gratū vobis utile ecclefie: di
gnū pofteris. Prefentiū quippe iudicijs
oblatratiū nō fatis moueor: q in utra
q; parte aut amore labunt aut odio.

Incipit daniel ppha.
Ano tercio regni io
achim regis iuda ve
nit nabuchodono
for rex babilonis ihe
rufalē et obfedit eā:
et tradidit domin°
in manu ei° ioachim regē iude et parte
vaforū domus dei et afportauit ea in
terrā fennaar in domū dei fui:et vafa
intulit in domū thefauri dei fui. Et ait
rex affanez ipofito eunuchoz; ut intro
duceret de filijs ifrl et de femine regio
et tyrānorū pueros i quibz nulla effet
macula decoros forma et eruditos o
mni fapiētia cautos fciētia et doctos

difciplina:et qui poffent ftare in pala
tio regis : ut doceret eos litteras et lin
guam chaldeoz. Et rōftituit eis rex an
nonā per fingulos dies de cibis fuis
et vino unde bibebat ipfe : ut enutriti
tribz annis poftea ftarent in rōfpectu
regis. Fuerūt ergo inter eos de filijs iu
de daniel ananias mifahel et azarias.
Et impofuit eis ppofitus eunuchoz;
nomina danieli balthazar : ananie
fidrac mifaheli mifac et azarie abde
nago. Propofuit aūt daniel in corde
fuo ne pollueretur de mēfa regis neq;
de vino potus ei°:et rogauit eunuchpz;
ipofitū ne cōtaminaret. Dedit aūt de
us danieli gratiam et mifericordiam
in cōfpectu principis eunuchoz. Et ait
priceps eunuchoz ad danielē . Timeo
ego dūm meū regē qui cōftituit vobis
cibū et potū:qui fi viderit vult° vros
macilētiores pre ceteris adolefcētibz
coeuis veftris : condumnabitis caput
meū regi. Et dixit daniel ad malafar
quē cōftituerat princeps eunuchoz; fu
pre danielem ananiā mifahelē et aza
riam. Tempta nos obfecro fuos tuos
diebus dece et dētur nobis legumina
ad vefcendū et aqua ad bibendum:et
cōtemplare vultus noftros et vultus
pueroz qui vefcuntur cibo regio : et fi
cut videris facias cū feruis tuis . Qui
audito fermone huiufcemodi tempta
uit eos diebz decem. Poft dies aūt de
cem apparuerūt vultus coz meliores
et corpulentiores:pre omnibus pueris
qui vefcebātur cibo regio. Porro ma
laffer tollebat cibaria et vinū potus
eorum:dabatq; eis legumina. Pueris
aūt hijs dedit deus fciētia et difcipli
nam in omi libro et fapiētia : danie
li aūt intelligentiā omniū vifionum
et fomnioz. Completis itaq; diebus

節便是早已規定好的，而且這是十七世紀的作品，當然不可能擺脫父權思想之影響和歷史的局限。在彌爾頓筆下，夏娃的確先受魔鬼誘惑而墮落，但她也首先認錯懺悔，而在彌爾頓的價值觀念中，謙卑和懺悔才是基督徒的美德，也是人能夠得救脫罪的唯一途徑。在這個意義上，可以說彌爾頓恰恰把夏娃描繪成引領人類走向救贖之路的先驅。在世界文學史上，《失樂園》曾經對許多作家和詩人都產生過巨大影響，在我們這個時代也仍然如此。所以即便中文的讀者，大概也聽說過彌爾頓及其《失樂園》，只是真正讀過的人並不多。然而經典之為經典，乃由於其自身的價值，也必定會超越一時的潮流和風氣而長存，所以不讀經典，不讀好書，受損失的是讀者自己。

我們都知道時間就是生命，而人生年命有限，時間是如此寶貴，所以我們必須選擇，不能把寶貴的時光浪費來做沒有意義的事，讀不值得讀的書。有什麼書值得向讀者介紹，怎樣使普通讀者也能接近經典呢？我於是想到《失樂園》，想到如何為讀者介紹這樣一部經典。目前我的第一部分介紹彌爾頓其人，第二部分談論《失樂園》，説明這部史詩如何不同於希臘羅馬古典史詩傳統而獨具特色，闡述這部經典的意義和價值，並約略評點過去和當代對《失樂園》的幾種批評意見。第三部分是作品選讀，希望讀者能夠通過一些片斷領會彌爾頓《失樂園》的風格和語言特點。

莎士比亞之後最偉大的英國詩人

一般對文學有一點喜好和常識的人都知道，英國最偉大的作家和詩人是莎士比亞（William Shakespeare, 1564-1616），可是你知道在莎士比亞之後，得到大多數人公認為最偉大的英國詩人是誰嗎？那就是以長詩《失樂園》著名的約翰·彌爾頓（John Milton, 1608-1674）。在英國詩人中，他大概是最淵博、最有學問的一位，也是思想極為深刻的一位。《失

TOP PHOTO

（上圖）1640年左右的彌爾頓畫像，當時彌爾頓約三十歲初頭。
（右圖）彌爾頓畫像。在英國，彌爾頓被喻為莎士比亞後最偉大的詩人，他對英國文學與政治的影響力非常深遠。

17

伊莉莎白一世（Elizabeth I, 1533 － 1603）她執掌王國時是英國文化史上燦爛輝煌的時代之一，尤其是詩歌與戲劇進入了全盛時期。桂冠詩人史賓塞（Edmund Spenser）獻上自己的巨作《仙后》（*The Faerie Queene*）來崇尚這位偉大的英國女王。同時，他以獨創的「史賓塞詩體」享譽文壇。大文豪莎士比亞也在這一段時期創作不朽的作品，例如膾炙人口的《羅密歐與朱莉葉》和《威尼斯商人》。

樂園》之所以成為英國文學、乃至世界文學中一部偉大的經典，除了史詩場面和氣魄的宏偉、詞句的鏗鏘優美和風格的崇高壯麗之外，就在於詩中探討的是人生中的大問題，詩中有大哲理和大智慧。

莎士比亞生活在伊莉莎白時代，那是文藝復興的鼎盛時期，那時代的思想主潮是人文主義。相對於中世紀思想觀念而言，人文主義的突出特點是對人之生命價值和人之尊嚴的認識，這在莎士比亞的偉大劇作中有令人印象深刻的表現。在莎士比亞時代，基督教雖然是英國大多數人的信仰，但在他的戲劇作品中，基督教或任何宗教思想都沒有顯出特別大的影響。十七世紀的英國則很不一樣，哲學上理性主義的興起和科學思想的發端，刺激了當時的作家和思想家去深入考慮如何調和基督教信仰和新的科學理性這樣一個重要課題。正像巴塞爾·威利所說：「如何把超自然和充滿詩意的聖經經文放進一個新的世界架構裏，如何調和耶和華與笛卡兒在本體論上加以肯定的上帝，如何調和基督教注重神蹟的整個結構與新『哲學』的原理，這就是那個時代的批判思考必須面對的主要問題。」換言之，十七世紀的作家和詩人既有文藝復興以來人文主義的思想傳統，又往往虔信基督教，希望調和宗教與理性，這在彌爾頓的作品中就得到了最突出的表現。

學養最深厚的基督教人文主義者

詩人中罕有像彌爾頓那樣的勤學好思者。1608年十二月，彌爾頓生於倫敦，父親以撰寫商業和法律文書為業，家境還算富裕，所以他從小就受到良好的教育。他六歲啟蒙，先由家庭教師授課七年，然後進倫敦聖保羅中學讀書四年，1625年十七歲時，彌爾頓入劍橋大學基督學院，七年後畢業，於1632年獲得碩士學位。彌爾頓雖然自幼目力不

Man vyi攝

（上圖）彌爾頓故居門牌。
（右圖）1851年，英國畫家素描彌爾頓的住宅。

19

佳，但生性沉靜好學，自謂從十二歲起，就「幾乎沒有在午夜前停止過讀書，上床睡覺」。他在劍橋畢業時不過二十三歲，卻已經寫出了包括《基督聖誕之晨》（*On the Morning of Christ's Nativity*）、《快樂者》（*L'Allegro*）和《憂鬱者》（*Il Penseroso*）這樣出色的詩篇。其後六年，他回到家中繼續讀書，也有更多佳作問世。1634年，二十六歲的彌爾頓寫了一齣假面舞劇，即後來稱為《柯馬斯》（*Comus*）的詩劇，當時在魯德羅城堡表演，並由著名的宮廷作曲家亨利·路易斯（Henry Lawes）為之配樂。這位年輕詩人的作品之受人重視，由此可見一斑。1637年四月，彌爾頓的母親去世，八月，他的劍橋同學愛德華·金（Edward King）不幸在愛爾蘭海面遭船難溺斃。他在是年十一月寫了一首哀惋的悼亡詩《利希達斯》（*Lycidas*），立即得到眾人讚賞。不少批評家認為，僅憑《柯馬斯》和《利希達斯》這兩部作品，彌爾頓已經可以奠定他在英國文學史上不朽的地位，然而他後來還有更深刻、更重要的作品問世。

1638年春，彌爾頓像當時英國富裕家庭的子弟一樣，離開英倫到歐洲大陸旅行以開拓眼界，增長見識。他先渡海到法國，然後在當年秋天到義大利。那時大科學家伽利略（Galileo Galilei）因為相信哥白尼（Nicolaus Copernicus）天體運行的太陽中心說，被宗教裁判所判為異端，軟禁在家裏。年輕的彌爾頓很可能到離佛羅倫斯不遠的伽利略住處，去拜訪過這位偉大的科學家。

彌爾頓聰穎過人，記憶力特強，這首先表現在語言能力上。他很早就學會了好幾種歐洲主要語言。他用拉丁文寫的詩，絕不亞於羅馬時代之後用拉丁文寫作的任何詩人。他尤其喜愛義大利文，喜從原文去閱讀大詩人但丁（Dante）和佩脫拉克（Petrarch）的作品。他在二十一歲還沒有去義大利之前，用義大利文寫的十四行詩就十分精美，

TOP PHOTO

（上圖）笛卡兒畫像。十七世紀的英國受到理性主義的影響，很大的課題是在思考宗教與科學之間的關係。

（右圖）伽利略與彌爾頓在天文台。年輕的彌爾頓在歐洲旅行時，曾去拜訪當時已經年老、且被教廷軟禁在住處的伽利略。

21

以至後來的傳記作者們往往弄錯，以為那些詩是他去義大利之後所作。他熟練掌握了古希臘語和古希伯來語，可以讀荷馬史詩和《聖經》新舊約的原文。他也掌握了現代語言中的法文和西班牙文，後來還學習荷蘭文。彌爾頓博聞強記，可以說十七世紀歐洲所能獲取的各方面知識，他都無不涉獵，所以成為英國文學史上學養最為深厚的一位基督教人文主義者（Christian humanist）。

支持共和，投身爭取言論

不過就在彌爾頓遊歷歐洲之時，英國的政局正在發生劇烈變化。一年後他歐遊歸來，英國反對王權和教會的清教徒革命已經進入起始階段。國會與英王查理一世之間發生衝突，國內出現王黨與共和派之爭，終於在1642年爆發了內戰。在此之前，彌爾頓的書齋生活平靜閒適，但他雖然生性沉靜，卻並非只顧閉門讀書、不問世事之人。他是虔誠的基督徒，而他基督信仰的核心，就在於堅信個人自由乃上帝所賦予，因此他成為激進的共和派，反對王權的專制和教會的腐敗。內戰爆發時，彌爾頓立即投身其中，那時他三十二歲，正當盛年，便將其才華服務於他所秉持的共和理念，寫了許多宗教和政論的文章。1644年，他發表了《論出版自由》（*Areopagitica*），那是為爭取言論和出版自由滔滔雄辯的政論，至今仍然有不可磨滅的價值。彌爾頓的眾多著作，無論詩歌或散文，無論文學或政論，處處都體現個人自由與責任的觀念，表露出他所堅信的個人尊嚴。

經過數年內戰，王黨的軍隊被擊敗。1649年一月三十日，查理一世在倫敦被斬首。在此之前，英國歷史上也曾有廢黜國王或逼其退位的先例，但由共和政體組成法庭，將一位君主正式審判並處以極刑，這還是第一次。此舉在整個歐洲有如雷鳴電閃，引起極大震撼，也遭到維護君主制者的責難。英國國會任命彌爾頓為國務會議之拉丁書記官（Latin

Secretary to the Council of State），負責為英國的共和政府辯護。當時國際交往通用拉丁文，彌爾頓於是用拉丁文寫了許多辯論性著作，在1651年發表了著名的政論《為英國人民辯護》（*Defensio pro populo Anglicano*），之後又在1654和1655年發表了後續的兩部。這些著作以雄辯的語言，大膽明確地闡發了彌爾頓的共和理念，使他成為英國革命中一位頗具盛名的公眾人物。

然而在公眾領域取得輝煌成就的同時，彌爾頓在個人和家庭生活中卻遭遇不少坎坷。他在1642年與瑪麗·鮑威爾（Mary Powell）結婚，但婚後不久，瑪麗就離開他，返回在牛津郡的娘家。當時內戰爆發，查理一世就在牛津，那裏也正是王黨勢力的中心。鮑威爾一家傾向王黨，所以瑪麗與彌爾頓不僅個性相左，政見也不合。瑪麗一去就是三年，之後，王黨軍隊的潰敗已成定局時，她才又回到彌爾頓身邊。他們雖然勉強結合，但這段不愉快的經歷顯然給他們的婚姻生活投上一層暗影。在數年間，他們生有三女一子，但1652年五月第三個女兒出生後不過幾天，瑪麗就去世，六月，才一歲多的兒子也得病而死。也就在這一年，患有眼病的彌爾頓或許因為大量寫作而過度勞累，終於完全喪失目力，成為一個盲人。那時他剛剛步入中年，四十四歲。彌爾頓有一首十四行詩自詠其目盲，他以宗教和政治的信念勉勵自己說，盲人雖然不能像正常人那樣活動，但「靜立等待者，也同樣侍奉上帝的意旨」（They also serve who only stand and wait）。此後他依靠助手，繼續寫作。1656年，彌爾頓第二次結婚，但婚後才兩年，妻子凱瑟琳在生產時，母親和嬰兒都因感染而死亡。彌爾頓寫了一首著名的悼亡詩《我似乎看見故去的聖徒般的妻》（Methought I saw my late espoused saint），寫與亡妻只在夢中相見，醒來卻回到盲人無盡的暗夜，情調淒切哀惋，十分動人。

這時，政治局勢不斷改變。1658年九月，英國共和政體

TOP PHOTO

（上圖）克倫威爾像，Robert Walker繪。英國清教徒，也是內戰時期議會軍的指揮官。他推翻查理一世，成立共和制度，後來又自立為護國公。
（右圖）1644年，彌爾頓發表了《論出版自由》，反對當時英國對於出版的審查制度。

AREOPAGITICA;

A

SPEECH

OF

Mr. JOHN MILTON

For the Liberty of Vnlicenc'd
PRINTING,

To the PARLAMENT of ENGLAND.

Τἀληθερον δ' ἐκεῖνο, εἴ τις θέλᾳ πόλᾳ
Χρηςόν τι βέλᾳμ' εἰς μέσον φέρειν, ἔχᾳν.
Καὶ ταῦθ' ὁ χρῄζων, λαμπρὸς ἐσθ', ὁ μὴ θέλων,
Σιγᾷ, τί τέτων ἐςιν ἰσαίτεςον πόλᾳ;
                                 Euripid, Hicetid.

Ex Dono Authoris

This is true Liberty when free born men
Having to advise the public may speak free,
Which he who can, and will, deserv's high praise,
Who neither can nor will, may hold his peace;
What can be juster in a State then this?
                                 Euripid. Hicetid.

Noemb. 24. LONDON,
Printed in the Yeare, 1644.

王政復辟（Restoration）1658
年九月克倫威爾去世，在高級
軍官和議會之間展開權力的
爭奪與鬥爭，國內政局動盪不
安，駐紮在蘇格蘭的蒙克將軍
領軍回到倫敦，並與亡命法國
的查理‧史都華達成復辟協
議。1660年四月四日查理發
表《布雷達宣言》，表示宣言
發布後四十天之內向國王表示
效忠的一切革命參加者，可獲
得寬大的赦免。1660年五月
查理回到倫敦登位，即查理二
世，史都華王朝復辟。

© CORBIS

（上圖）晚年的彌爾頓，當時
他早已失明，卻是在這個時期
寫下了最偉大的代表作《失樂
園》。
（右圖）彌爾頓失明後，口述
《失樂園》並依靠女兒替他抄
寫下來。畫家福斯里（J. H.
Fuessli）繪。

的「護國公」克倫威爾（Oliver Cromwell）去世，王黨的力
量大增。共和政體看來大勢已去，流亡在歐洲的查理二世勢
必捲土重來。但彌爾頓並不因此而膽怯畏縮，並且在1659年
年初發表了又一篇政論，題為《建立自由共和政體一個現成
而易行的方法》（A Ready and Easy Way to Establish a Free
Commonwealth）。然而這時形勢已大變，在這一年六月，
查理二世的追隨者們公開焚燒彌爾頓所著《為英國人民辯
護》和《偶像破壞者》（Eikonoklastes）等書。1659年秋，王
黨已控制了局勢，查理二世在1660年五月從法國重返倫敦，
這就是英國歷史上所謂王政復辟（Restoration）。彌爾頓在
倫敦被捕入獄。只因為他已是個盲人，而且有一些器重他的
朋友為之陳情，才終於在聖誕節前獲釋。

創造力達到高峰

　　王政復辟之後的十五年間，彌爾頓才真正達到了他創造力
的高峰。雖然他這時已完全目盲，而且生活在險惡的政治環境
中，但憑著他驚人的學識和非凡的記憶力，加上他兩個女兒
和助手們的協助，他不僅完成了一部拉丁文的《論基督教義》
（De Doctrina Christiana），而且創作出了使他永垂不朽的三部
傑作——即均取材於《聖經》的《失樂園》（Paradise Lost）、
《復樂園》（Paradise Regained）以及《力士參孫》（Samson
Agonistes）。其中尤以《失樂園》最為著名，成為英國文學中
一部影響深遠的傑作。1674年十一月，彌爾頓因痛風去世，享
年六十六歲。他的遺體葬在倫敦克利帕門的聖傑爾斯教堂（St.
Giles at Cripplegate），在西敏寺大教堂著名的詩人之角，也有
一塊紀念碑，永遠紀念這位偉大的詩人。

不同於傳統的史詩

　　彌爾頓最重要的作品是取材自《聖經‧創世記》的長詩《失
樂園》。這部作品初版於1667年，分為十部，1674年第二版

27

重作調整，分為十二部，字句略有增刪，並在每部之前加上提要，略述內容大概。按照寫作史詩的慣例，故事須從中間説起（in medias res），所以《失樂園》開頭描述跟隨撒旦反叛上帝的天使們在地獄中苦受煎熬，撒旦決心報復，於是逃出地獄，往上帝剛造好的伊甸樂園飛去。上帝在天堂已預知撒旦將引誘人類墮落，便對聖子耶穌基督預言亞當與夏娃將違背上帝禁令，偷食禁果，並由此而喪失樂園，帶來死亡。基督對於人類將因此受罰，頓生憐憫之情，便自告奮勇，願意犧牲自己，為人類贖罪。撒旦後來果然引誘夏娃吃了知識樹禁果，亞當不願獨自留在伊甸園，也吃了禁果，於是他們雙雙被逐出樂園，走入人世，開始了人類艱苦的歷程。

彌爾頓的《失樂園》是一部史詩，而史詩和悲劇是文藝復興時代被視為最重要的文學體裁。古希臘荷馬史詩《伊利亞特》講述希臘大軍攻打特洛伊城的十年征戰，《奧德賽》則記述奧德賽在特洛伊戰爭結束後返回故鄉，一路上遇到各種艱難險阻的奇特經歷。羅馬詩人維吉爾摹仿荷馬創作史詩《埃涅阿斯記》，講述特洛伊戰爭之後，埃涅阿斯歷盡艱辛，從特洛伊輾轉到義大利，在那裏建立起羅馬帝國的神話化歷史。希臘羅馬史詩成為史詩的規範，題材都是戰爭或歷險這類大場面的故事，有眾多人物和曲折的情節，但彌爾頓的《失樂園》卻與之不同，除開頭描繪地獄中反叛的天使較符合規範之外，其核心內容卻既無轟轟烈烈的行動，也無眾多人物。彌爾頓自己深知史詩傳統，但他有意識打破傳統，創作一部他自謂「在散文和韻文裏迄無前例」的作品（I.16）。在文學上一如在政治上，彌爾頓都是一位激進的改革者。他詩中包含的思想，他對理性、德行、自由的強調，使他成為英國文學中極具聲望和影響的大詩人。例如十九世紀著名詩人威廉·華茲華斯（William Wordsworth, 1770-1850）覺得當時英國有如一潭死水，大多數人都自私、粗野，便寫過一首十四行詩呼喚詩人重新到來：「彌爾頓！你

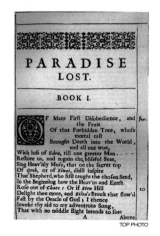

TOP PHOTO

（上圖）失樂園初版書影。
（右圖）彌爾頓的手蹟。

Joshuah Gage
&
Eliz: Alden

Juratus

HEN: Smyth
Sui:

20th day psonally appeared Joshuah Gage of ye
Towne of Southampton aged about 23 yeares, batcheler
and alledged that he intendeth to marry w'th Elizab:
Alden aged about 23 yeares a maiden ye daughter of
Henric Alden of ye parish of St Olave in ye burrough
of Southwark ... ...
... ... that he and att her owne disposing and
that he knoweth of noe lawfull lett or impediment by reason
of any prècontract consanguinity affinity or otherwise to hinder
the sd intended marriage and of ye truth hereof he
offered to make oath & prayed licence to be marryed in
the parish church of St Gabriel in ye sd burrough

John Tayler
uxori publico:

146

Joshua Gage

John Milton :
&
Eliz: Minshull

Juratus

HEN: Smyth
Sui:

John Tayler
uxori publico:

Dimißit

20th day psonally appeared John Milton of ye
parish of St Giles Crippelgate London & of the age
about 50 yeares and a widower and alledged that
he intendeth to marry with Elizabeth Minshull of
ye parish of St Andrew Holborne in ye county of
Middsx a maiden aged about 25 yeares and att her
owne disposing and that he knoweth of noe
lawfull lett or impediment by reason of any prècontract
consanguinity affinity or otherwise to hinder the
sd intended marriage and of ye truth hereof he
offered to make oath & prayed licence to be marryed
in ye parish church of St George in ye Burrough
of Southwark or St Mary Aldermary in London.

John Milton

希臘史詩《伊利亞特》中，
阿基里斯擊敗特洛伊王子赫
克特，並將其殺死。魯本斯
（Peter Paul Rubens）繪。

TOP PHOTO

應該活在此刻：英格蘭需要你」（MILTON! thou should'st be living at this hour: / England hath need of thee）。在華茲華斯詩中，彌爾頓顯然成了道德和精神力量的象徵。彌爾頓不僅在英國文學中很有影響，而且在歐洲其他文學傳統中，也像但丁、莎士比亞一樣，是具有典範意義的經典作家。

描述靈魂的行動

　　彌爾頓的《失樂園》確實是一部氣勢磅礴的鴻篇巨製，然而在文學批評史上，這部作品並非一直受到眾口一詞的讚譽，不時有人對之略加微辭，甚至質疑其價值。美國作家愛倫·坡在《詩的原則》一文中就說，《失樂園》如此冗長，不可能處處俱佳，所以我們「若要視之為詩，就除非忽略一切藝術作品必不可少的因素，即統一，而只把它當作一系列較短小的詩來讀」。艾略特責備彌爾頓對英詩和英國語言有「很壞的影響」，說彌爾頓「寫英語好像是死的語言」，更貶責《失樂園》取材《聖經》極不妥當，認為「那個神話在《創世記》裏好好的，本不該去觸動，彌爾頓也並沒有做出任何改進」。他還說，彌爾頓在英國詩人中，「大概是最為古怪的一個。」艾略特認為「不該去觸動」《聖經·創世記》裡人之墮落的神話，以為那不能做史詩題材，其實是十七到十八世紀新古典主義時代以來一個尋常的批評觀念，也即所謂理性時代的一種科學精神。例如十七世紀古典主義詩人約翰·德萊頓在《論諷刺的起源和發展》（1693）一文裏，就認為《失樂園》是失敗的作品，而究其原因，也認為是題材選擇不當。德萊頓說：「失敗應該歸咎於我們的宗教。人們說古代異教信仰可以提供各種文飾，但基督教卻做不到。」對德萊頓及其同時代人說來，正像柏拉圖早已指出過的，詩和真理乃南轅北轍，彼此不同，所以作為精神真理的基督教不適宜於詩之虛構表現。法國批評家布瓦洛在很有影響的《詩藝》裏就說，用詩去處理《聖經》題材，就只

（右圖）義大利奧維特教堂中的「創世記」雕塑。

亞當與夏娃在伊甸園
Johann Wenzel Peter繪。
與希臘史詩不同的風格:《失樂
園》沒有希臘史詩中那麼多人
物和曲折的情節。彌爾頓打破
傳統,創作了一部「迄無前
例」的作品。
TOP PHOTO

新古典主義 這是一種新的復古運動。英國文學的新古典主義時期從1660年查理二世復辟到1798年浪漫主義宣言《抒情民謠集》結束。十八世紀的英格蘭受到法國起源的啟蒙運動影響，稱作「啟蒙時代」或「理性時代」。詩歌風格非常古典，現實風格的小說十分流行。哥德式小說也很暢銷。到十八世紀末時，感傷主義小說也逐漸興起，最終由浪漫主義取代繼承。主要的作家有威廉‧康格里夫、約翰‧班與彌爾頓…等。

會「把真神變成虛假的神」（Du Dieu de vérité faire un Dieu de mensonges）。德萊頓更進一步解釋說：「謙卑和順從是我們最注重的美德；這當中除靈魂的行動之外，不包括任何行動，而英雄史詩則恰恰相反，其必然的布局和最終完善，都一定要求轟轟烈烈的行動。」這的確講出了以希臘羅馬神話為背景的荷馬史詩與彌爾頓取材《聖經》的史詩之間重大的區別，尤其在「轟轟烈烈的行動」這一點上，彌爾頓的史詩確實很難與荷馬史詩那一類古典作品相比，因為荷馬史詩描寫的是阿喀琉斯的憤怒和特洛伊城之陷落，或是奧德賽驚天動地的冒險經歷，而在《失樂園》的中心，唯一的行動不過是一個弱女子咬了一口蘋果而已。

放棄「歌頌偉大」的史詩傳統

德萊頓的批評其實很有啟發意義。他說《失樂園》「除靈魂的行動之外，不包括任何行動」，那句話說得大致不差，然而「靈魂的行動」恰好是《失樂園》之精華所在，也是因之而使《失樂園》成為人之精神的偉大史詩，而不是讚頌肉體行動和英雄業績的史詩。彌爾頓在大學時代，曾有意要寫一部取材亞瑟王傳奇的史詩，一部像史賓塞的《仙后》（The Faerie Queene）那樣的民族史詩。但他在政治意識上漸趨共和而蔑視王權之後，很快就改變主意，放棄了這個念頭。於是他做出另一種選擇，去寫「人第一次的不服從，偷食禁果」（I.1），去創作「在散文和韻文裏迄無前例」的作品（I.16）。在《失樂園》第九部開頭，彌爾頓即將敘述魔鬼如何誘惑夏娃，人將喪失天真而失去樂園時，他又再次強調他所選取的題材與異教的史詩相比，有更崇高、更重大的意義，說他要描寫的是「更堅忍的耐力和尚未有人歌頌過之英勇的殉難」（IX.31）。對彌爾頓說來，忍耐、順從和謙卑才是表現道德力量的崇高美德，而且遠比傳統的戰爭和歷險的英雄業績更值得用史詩來表現。批評家安德魯‧費克特認

（右圖）杜勒（Albrecht Dürer）的《亞當與夏娃》。這幅版畫作品的亞當與夏娃身體比例協和美麗，似乎是作家藉由兩人之美來歌頌上帝的偉大。

為，文藝復興時代的大詩人如阿利奧斯托、塔索、史賓塞等人，都以羅馬詩人維吉爾為競爭對手，力求寫出歌頌一個偉大民族及其君主的「帝國史詩」，但彌爾頓卻脫離了那個傳統。他畢竟是一位破除偶像的激進的改革者，完全不把君主和世俗權力放在眼裏。正如費克特所說，彌爾頓捨棄了他最早計畫的亞瑟王傳奇，轉而選擇人之墮落作為史詩的題材，也就「終結了一個文學傳統」。《失樂園》之作正當英國革命失敗之後，那時詩人已完全失明，並隨時有被王黨拘捕監禁的危險。這一歷史背景至為重要，所以英國馬克思主義的歷史家克利斯多夫‧希爾宣稱說，彌爾頓的偉大史詩，包括《失樂園》、《復樂園》和《力士參孫》等作品，都「深深捲入政治之中，直接面對革命失敗的問題」。希爾認為彌爾頓取材人之墮落的聖經故事，目的在於理解革命何以會失敗。他說：「對彌爾頓說來，原罪可以解釋這一次的努力何以不成功。但並不是一切都完結了：人之墮落其實是好事。這使上帝不必為邪惡在人世間的存在負責任。這個故事由彌爾頓講來，還特別突出了人的自由。我們必須接受全能的上帝的意旨，因為上帝的意願就是人的定命。但我們也必須隨時整裝待發，準備好下一次要做得更好。」按照希爾的解讀，《失樂園》是歷史的諷喻，是失敗了的英國革命的諷喻，同時也是以象徵的形式勉勵人們，將來會有另一次革命，而那次革命最終將取得成功，並發生深遠的影響。

哲學與宗教的困惑，成為主題

彌爾頓在詩中的確表露出他的政治信念，尤其是對自由的充分肯定，而這與他的宗教信念完全合一，密不可分。例如他藉亞當之口，譴責人對人的壓制說：

> 上帝只給我們對魚、鳥和獸類
> 絕對的控制權；我們由神賜而擁有

（右圖）夏娃引誘亞當吃下禁果，繪者不詳。

那種權力；但上帝並沒有讓人
做人之主；那名號他只保留給
自己，卻讓人獨立於人而自由。（XII.67）

　　彌爾頓在這裏清楚地表達了他的平等觀念，尤其是對自由的執著。然而現實世界卻到處充滿了不平等，到處是人受制於人。他以基督教人文主義的觀念解釋說，亞當和夏娃犯罪墮落後，失去了神賜予的自由，人類產生了不平等，於是「暴政必然存在，雖然暴君並不因此而有藉口」（XII.96）。《失樂園》內容豐富，當中確實包含了彌爾頓激進的共和思想。然而英國革命對於全面理解彌爾頓及其著作固然重要，但就閱讀《失樂園》而言，我認為那並不是一個包羅無遺的背景，甚至不是最重要的背景。善與惡的矛盾、知識與自由的困惑、樂園的幻想與對樂園的不斷追求，這類意義深刻的哲學和宗教問題，才是這部史詩作品的核心，也正是這些問題使這部史詩能超越某一時代之歷史和政治，具有永恆的哲理之魅力。彌爾頓自己宣稱說，他之所以寫作《失樂園》，目的在於要「申明永恆的天命，對人類證明上帝之公正」（I.25）。頗值得注意的倒不在彌爾頓有如此雄心壯志，要達到這樣的目的，而是上帝的公正竟然需要對人類做出證明。換言之，上帝是否公正，人失去樂園而有惡在世間存在，這永恆之天命究竟是否合理，都是人們產生的疑問。正是對這些宗教和倫理問題的深刻思考取代了轟轟烈烈的行動，構成彌爾頓史詩的主要內容，引導讀者去深入探討。採用《聖經》中亞當和夏娃的故事，也非常切合彌爾頓的目的，因為這個故事以生動而有高度象徵意義的形式，提出了有關責任、知識和人的自由等人生的根本問題。

　　惡的存在就是一個根本問題。受人崇拜的上帝如果寵愛人，如果他又有無邊的神力，為什麼人世間還有這麼多苦難，為什麼惡人往往可以逞凶，好人卻無端遭受痛苦，受盡

（右圖）十二世紀蘇維尼聖經的《創世記》插圖。這幅插圖描述上帝創造白天和黑夜，有著「公平」的形象。

41

欺凌呢？這大概就是人會產生疑問，而上帝的公正需要證明的原因吧！上帝造人之初，亞當和夏娃生活在伊甸園中，天真無邪，但同時也懵然不知善惡，無法識別真偽，所以魔鬼撒旦潛入樂園，化為一條蛇，他們當然不能辨識而終致受其蠱惑。上帝預知人會受撒旦誘惑，在伊甸園處處設防，派天使們把守。可是撒旦第一次潛入樂園雖被發現，被遣返地獄，第二次卻居然逃過眾天使的目光，終於在樂園中成功誘惑夏娃，使人違背上帝禁令而墮落。可是如果天使尚且不能識破撒旦的偽裝，阻止魔鬼潛入伊甸，那麼毫無神力而且天真無知的人類受誘惑而食禁果，何以就要承擔那麼嚴重的後果，受到那麼嚴厲的懲罰呢？究竟誰應該為人之墮落負責呢？上帝全能全知，早已預知亞當和夏娃會墮落，可是他為什麼放手不管呢？既然他預知人會墮落，甚至可以說他容許了這樣的事情發生，那麼在人墮落之後，他又為什麼那樣震怒，要處罰亞當和夏娃呢？人之墮落究竟是預先注定必然會發生的事？還是亞當和夏娃用他們的意志所做的自由選擇，因而要由他們來承擔全部責任呢？就我們的人性和人類狀況說來，這一切又能給我們怎樣的啟迪呢？這些就是使《失樂園》成為世界文學中一部偉大經典的問題，無論人們對彌爾頓的藝術或個人信仰提出怎樣的疑問，在這些質疑早已被人遺忘之後，《失樂園》探討的問題還是會引人思索，這部經典作品也一定還會有讀者，會長存於世。

自由、正義和責任的永恆問題

有趣的是，在《失樂園》中，是上帝自己最先提出責任的問題。在史詩第三部，上帝預言撒旦將逃出地獄，成功誘人犯罪。他對聖子耶穌基督預言撒旦將如何飛出地獄：

直飛向那新造的世界，
還有那裏的人，如果他能力勝，

43

便會去攻擊人而將之毀滅，否則
便會去誘惑人，而且必定會誘惑；
因為人將聽信他虛假的甜言蜜語，
並將輕易地就違背那唯一的禁令，
那是他服從的唯一保證：於是他
和他沒有信仰的後代將會墮落。（III.89）

上帝好像感覺到人們可能會懷疑，他何以不防止早已預知的惡，於是他自己就先提出我們可能會問的問題，然後自己回答，強調這是人的錯誤：

是誰的過錯？
除了他，還有誰？忘恩負義的他
從我這裏得到一切；我造就他正直，
有能力自立，也有自由選擇墮落。
我創造的天使也都是如此，
那些自立的和那些敗落的，
他們都有自由去自立，或去墮落。（III.96）

彌爾頓的詩句在此邀請我們去思考一個最根本的問題，一個關於自由、正義和責任的永恆問題。彌爾頓的上帝說得很清楚，人之墮落是人自己的過失，是由於人受了魔鬼的誘惑。上帝堅持說，雖然他預見一切，但他的預知與亞當和夏娃在伊甸園裏所做的選擇毫無關係，因為

不是我，而是他們自己決定
他們的反叛：如果說我預知此事，
預知對他們的過失卻毫無影響，
即使沒有預知，他們也必定如此。
所以完全沒有絲毫定命的催促，

（右圖）路西法向地球飛去，那是亞當的所在。多雷（Gustave Doré）繪。

45

或者我的清晰預見之影響，

他們犯下罪過，咎由自取，

全是他們的判斷和選擇；因為

我把他們造成自由者，他們一直自由，

直到他們自己奴役自己。（III.111）

　　彌爾頓的上帝就像一位存在主義哲學家，一再強調自由和責任有不可分割的聯繫。自由並不意味著人可以為所欲為，因為自由選擇的行動總會有其後果，而世間事物有複雜的關聯，由於陰差陽錯，自由行動的後果往往並不符合人們預先的期待和設想，於是人類的自由成為一種可怕的自由，自由選擇，就像亞當和夏娃的情形那樣，很可能帶來災難性的嚴重後果。伊琳·佩格爾斯指出，早期基督徒從亞當和夏娃的故事得到的主要教訓，確實正是有關自由和責任的問題。例如早期基督教的教父亞歷山大的克里門特（Clement of Alexandria, c. 180 C. E.）就認為，亞當所犯的罪不是性欲的放縱，而是不服從上帝的禁令。佩格爾斯在總結克里門特的看法時說：「亞當和夏娃故事的真正主題是道德自由和道德責任。其要點是指出，我們要為我們自由做出的選擇負責，無論這選擇是善還是惡，正如亞當所做的選擇那樣。」然而問題是，彌爾頓的上帝說了一大番關於自由的話，推卸了一切責任之後，卻又去干預，派出天使守衛伊甸園。在詩中，上帝和天使都警告過亞當將有危險，並設法保護人類，不要受撒旦的傷害；而由於這一切努力最終都證明無效，讀者當然無可避免要質疑上帝的力量如何，甚至動機如何。頗有諷刺意味的是，大天使尤利爾據說是上帝的「法眼，通觀天堂各處」（III.650），卻未能發現裝扮成下級天使的撒旦。史詩敘述者的聲音以極端寬容的語氣，解釋尤利爾何以會失敗：

　　因為天使或人都不能識破

（右圖）撒旦化身為蛇，在遠處窺視著亞當與夏娃。多雷繪。

偽善，那唯一完全隱形的惡，

除了上帝，無人能看穿，……

善者在看似無惡之處，

不會想到有惡：於是這一次矇騙了

尤利爾，雖然他是太陽之王，

以目光銳利而聞名於天堂。（III.682）

人類墮落具有的教育意義

不過人們會由此產生疑問，如果目光銳利的大天使尤利爾沒有看透撒旦的偽裝，可以得到原諒，可憐的亞當和夏娃不過是凡人，他們被化為一條蛇的撒旦所誘惑，上帝又何以如此動怒呢？事實上，上帝對人的重罰，甚至他自己的兒子聽起來都覺得有點過分，因為基督告訴他說，如果撒旦使人墮落的陰謀得逞，「您的善意和偉大就都會受到質疑和褻瀆，而無從辯護」（III.165）。上帝在回答時，許諾給人以慈悲和寬恕，但他又預言人之墮落，而且以嚴厲可怕的語言，宣布在亞當墮落之後，

© CORBIS

他和他的後代必須死亡，或者他，

或者正義，必有一死；除非

有別人能夠而且願意替他付出

嚴格的代價，以死來頂替死。（III.209）

（上圖）吃下禁果後的亞當，出自十九世紀《失樂園》插畫。
（右圖）天使尤利爾，福斯里（J. H. Fuessli）繪。天使尤利爾是上帝的「法眼，通觀天堂各處」。但撒旦還是避開了尤利爾的監視，闖進了失樂園。

彌爾頓在這裏當然是做出鋪墊，準備好讓基督出面來為人斡旋，以動人的詩之形式來表現基督替人贖罪的觀念。基督看著上帝嚴厲的面孔，懇求天父給人以慈悲。他把自己交出來為人贖罪，並且對上帝說：「看著我吧，我替他，我交出生命來頂替生命，讓您的憤怒降臨在我身上吧」（III.236）。這是史詩中相當戲劇性的一刻，突出了基督作為崇高的救世主之形象。可是人們不禁要問，一旦有人犯了罪，就要求有

49

一個人必須以死亡來付出「嚴格的代價」,而且不管這人是誰,只要有人就行,這可算是哪門子的正義?既然彌爾頓的上帝講出一番道理,讀者就必不可免會做出判斷,看其是否合乎邏輯,是否有道理。而既然那番話在邏輯上並非無懈可擊,《失樂園》好像就並沒有真正做到「證明上帝的公正」。英國批評家燕卜蓀在所著《彌爾頓的上帝》一書裏,甚至認為「詩中上帝的形象,也許包括他在預言最後終結那些崇高的時刻,都驚人地像史大林大叔的樣子;都同樣是那種粗糙外表下潛藏的隱忍,同樣是那種片刻的暢快,同樣是徹底的不講道德,同樣是那種真正的壞脾氣」。燕卜蓀認為,《失樂園》幾乎表現出彌爾頓對上帝的怨怒,這一看法強化了對彌爾頓的浪漫主義解讀,因為十九世紀好幾位評論家都認為《失樂園》中最有趣的是撒旦,代表了蔑視社會一般道德規範的反叛精神,甚至認為彌爾頓站在撒旦一邊。但是這種解讀實在偏頗片面,把詩人理解成撒旦式的反叛者,十九世紀拜倫式的浪漫英雄,也完全忽略了整部作品的意義。

在《失樂園》中,對上帝公正的真正證明,在於彌爾頓把人之墮落構想成具有教育意義,是無可避免的事,甚至是因禍而得福,即所謂felix culpa(有福的罪過),人由於惡而認識善,而最終會造就更美好的人類狀況。在這裏,詩人提出的看法與聖經文本的正統解釋有重要分歧。例如在彌爾頓筆下,勞作並不是亞當墮落後上帝對人詛咒的後果。在《聖經》裏,亞當和夏娃偷食禁果之後,上帝詛咒亞當說:「你必汗流滿面才得糊口」(《創世記》3.19),所以勞作辛苦乃是對人的一種懲罰。然而在彌爾頓看來,勞作把人區別於伊甸園中其他一切動物,是人之所以為人的活動,因而是構成人之身分和尊嚴的活動,因為

其他動物都整日遊蕩,

無所事事,也不需要多休息;

51

人卻每天都有體力或腦力的工作，
這就宣布了人的尊嚴，
和上天對他所做一切的關愛。（IV.616）

浪漫主義的起源 由於蒸氣機廣泛使用讓英格蘭城鄉發生極大變化，工人的慘境、新生的階級衝突和環境污染，使人們對都市化和工業化產生厭惡，促使文學家轉而重新去發現大自然的美麗和價值。英國浪漫主義時期一般認為從1798年《抒情民謠集》發表正式開始，到1832年司各特爵士辭世和改革法案通過結束。主要有威廉・布萊克、拜倫、雪萊、濟慈、華茲華斯、柯立芝。

聖奧古斯丁和基督教教會其他一些教父們對人的性愛深感懷疑，認為那是原罪的跡象，但彌爾頓卻不同，他把人未墮落之前在伊甸園中的性愛描寫為崇高而有尊嚴的行為，而且斷然拒絕「那些偽善者擺出清心寡欲的樣子，奢談純潔、地位和天真」（IV.744）。詩人唱道：「祝福你，夫妻之愛，神秘的律法，人類後代真正的來源，在其他一切都共同的樂園裏，這是人唯一正當可為之事」（IV.750）。他歌頌夫妻之愛，極優美地描繪人類祖先在墮落之前天真無邪做愛的情形，這證明彌爾頓和一般人所想像的清教徒真有天淵之別：

他們在夜鶯的歌聲裏擁抱著睡去，
花棚在他們裸露的軀體上
撒下紅色的玫瑰，到清晨又重新長出。
睡吧，幸福的情侶啊；哦，如果你們不求
更大幸福，樂而知足，那才是最大的幸福。（IV.771）

然而問題是，彌爾頓真可以滿足於一個不去追求知識而感到幸福的人類狀態嗎？什麼是知識的本質呢？天真無邪或純潔的美德是否等同於愚昧無知呢？在史詩第八部，充滿好奇的亞當想瞭解宇宙的情形，天使拉斐爾就告訴他說：「我不怪你探問尋求，因為上天就好像上帝的書展開在你眼前，你在其中可以閱讀上帝神奇的創造，瞭解他所定的季節、時辰、日時、年月」（VIII.66）。但是天使也很清楚地說明，知識必須有一定限度：

（右圖）人間樂園（局部），波希（Hieronymus Bosch）繪。

不要讓你的思想去探究隱秘的事情，

把它們交給上帝，只服從而畏懼他；

……上天對你說來太高遠，

而不可知其究竟；在低處明智吧：

只去想你自己和你的存在相關的。（VIII.167）

柔順的亞當於是回答說：「不求認識那遙遠而沒有用、晦澀難辨的事物，而只去瞭解就在我們眼前日常生活中存在的，就是主要的智慧。」（VIII.191）不過問題在於，那棵被禁的知識之樹恰恰就是在亞當和夏娃眼前日常生活中，存在於伊甸園中的事物，而道德的知識即關於善與惡的知識，對彌爾頓說來絕對是人之為人最基本的因素之一。亞當在這裏講的話，彌爾頓自己就不可能接受。英國批評家戴維·戴維斯就說過，「要是彌爾頓處在亞當的位置，他就會去吃禁樹的果實，然後再寫一本小冊子來論證自己的行為正當合理而且勢所必然。」巴塞爾·威利也早已指出過，彌爾頓和十七世紀劍橋大學崇尚理性的柏拉圖主義者們一樣，堅信理性和知識是善，但他最重要的作品取材《聖經·創世記》，就不得不面對一個

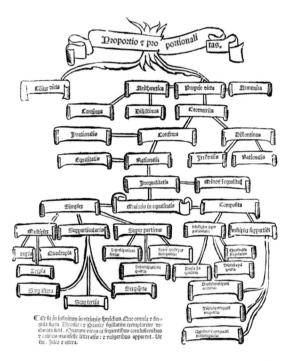

（上圖）「知識之樹」有兩種意涵。一種是《失樂園》裏所指的這種事關善惡的知識樹，另一種則是理性與知識系統的知識樹。圖為1523年義大利數學家Paccioli所繪的數學的知識樹。

（右圖）失樂園中的知識之樹，米開朗基羅繪。

矛盾，因為《聖經》經文中明明把獲取知識說成是人之墮落，或者說人之墮落是獲得知識的後果，而對彌爾頓而言，具有知識和理性是人能夠獲取道德上的善之唯一途徑。威利認為，彌爾頓不可能把知識視為惡，所以伊甸園中的知識樹本身不會造成人的墮落。這棵樹的作用完全在於上帝以之檢驗人是否服從，偷食這樹的禁果這一舉動本身是亞當夏娃犯

的錯，而獲取善惡的知識並不是錯。「按他的理解，吃那個果實便是錯誤，因為那違犯了禁令，也僅此而已。他把禁令寫成只是為檢驗人是否服從而外加的禁忌。」彌爾頓既然敘述亞當和夏娃的故事，就不能不按照《聖經》的經文來寫，但與此同時，他又是一個堅信理性與知識的人文主義者，於是從這樣一個立場給《創世記》中的故事以新而具有深刻意義的解釋。

通過惡而認識善

　　彌爾頓在《基督教義》的論文裏，明確宣稱上帝按照自己的形象造人，人身上具有神性的成分特別呈現在人的「正當理性之中，這甚至在最壞的人身上，也不會完全泯滅」。也許彌爾頓《論出版自由》一書最常被引用的一段話，最能夠代表他對人類知識的看法，為了更好理解彌爾頓如何處理知識的問題，尤其在亞當和夏娃的墮落這個背景上來討論這一問題，讓我也引用這段話。彌爾頓說：

　　關於善與惡的知識就像兩個孿生兄弟裂開那樣，從一只蘋果的表皮突然跳入這個世界。也許這就是亞當認識到善與惡而落入的那個可怕定命，換言之，是通過惡而認識善。

　　因此，人目前的狀態既已如此，那麼沒有對惡的認識，選擇還有什麼智慧，還有什麼節制？只有懂得惡，知道惡的各種誘惑和表面的快樂而還能節制，還能辨識，還能去選擇真正的善，那才真是經得起考驗的基督徒。我無法稱讚把自己封閉起來、逃避惡的所謂德性，那沒有經過驗證、沒有見識過人世的德性，那從來不衝出去找敵手對決、卻逃離競賽跑道的德性，在那競賽之中要贏得不朽的桂冠，就要靠不怕塵土，不怕流汗去努力奔跑。的確，我們沒有把天真無邪帶到這個世界上來，我們帶來的毋寧是不純潔的東西；能夠淨化我們的就是考驗，而考驗是通過有對手來實現的。因此，在思考惡這方面尚缺乏經驗那種德性，不知道惡能夠給跟隨它

（右圖）亞當與夏娃被逐出樂園。這是西方繪畫中屢見不鮮的主題。這是喬瓦尼（Giovanni di Paolo）的作品。

的人怎樣美好的許諾而仍然拒絕惡那種德性，就不是什麼純
粹的德性，而不過是一種空白的德性，其表面的白色不過是
一種令人生厭的灰白。

　　彌爾頓把知識和理性擺放在真正美德的根基這一位置上，
就等於用人文主義觀念重寫了基督教新教的教義。人應該遵
從理性，於是人之墮落就意味著理性統治之失敗。彌爾頓用
政治鬥爭的語言，把人之墮落描述為過度的企望和欲念篡奪
了理性的權位，說它們「奪取理性的政權，把此前自由的人
降為奴隸」（XII.89）。於是伊甸園中的戲劇性變化就成為內
在理性之墮落的諷喻，表現了道德力量未能抗拒惡之誘惑而
失敗。在彌爾頓看來，理性乃神之所賜，最終必將獲勝，所
以人之墮落並非終極的結果，儘管通往救贖的時期還會很長
而且很痛苦：「於是這世界還會這樣下去，善者遭難，惡者
卻左右逢源。」（XII.537）可是，正如在史詩即將完結時，天
使邁克爾告訴亞當那樣，只要有正確的認識而且懺悔，「你
就不會悔恨離開這個樂園，卻會在你自身擁有一個內在的樂
園，遠更美好。」（XII.585）

　　在史詩第十二部，亞當和夏娃被逐出樂園之前，大天使邁克
爾給亞當預告了他們的將來，而天使教導亞當那些話就代表了
彌爾頓的想法。亞當認識到謙卑、順從和懺悔乃是得救的唯一
途徑，即「以細小的行動成就大的事業，以看似柔弱者去克制
世間之剛強，以柔順者克制世間之巧智」（XII.566）。德萊頓
說，「謙卑和順從是我們最注重的美德」，不過彌爾頓並不認
為這種美德不適宜用史詩的形式來表現。我們可以說，彌爾頓
《失樂園》之偉大，正在於他寫出了不是敘述戰爭或歷險的英
雄史詩，而是表現人類理性和美德的精神的史詩。

TOP PHOTO

（上圖）大天使邁克爾，繪者
不詳。
（右圖）邁克爾，Bernardino
Zenale繪。在《失樂園》裏，
亞當與夏娃偷吃禁果後，邁克
爾安慰人類，並告知他們逐出
樂園後要持續信仰。

夏娃體現救世主為人贖罪的愛

　　說到這裏，我想我們可以約略考察一下在當代文學批評

中，常常可以聽到對彌爾頓另一種的指控，即認為他的作品表現出對婦女的厭恨。由於彌爾頓採用《聖經》題材，敘述夏娃受魔鬼誘惑偷食禁果，便引起女權主義批評家的責難，認為他認可了夏娃受誘惑的聖經神話，從而成為父權社會壓迫婦女的幫兇。在一些女權主義批評家看來，彌爾頓的影響是她們所謂「彌爾頓的鬼怪」，是一個「兇狠的魔影」。珊德拉・吉爾伯特在《閣樓上的瘋女人》一書中說，人人都知道威廉・莎士比亞這個男性作者，可是與莎士比亞同樣偉大、甚至更偉大的女性作者就完全不為人知。她把這位假想出來傑出的女性作家故意稱為「裴蒂絲・莎士比亞」，她之所以無名，就是因為她完全被父權社會壓制埋沒了。吉爾伯特說，彌爾頓就算「沒有親手殺死『裴蒂絲・莎士比亞』，起碼也起過幫兇的作用，使她數百年來一直死去，一再使她的創造精神脫離『她時常倒下的軀體』」。於是她宣稱說彌爾頓的著作，尤其是《失樂園》，就「構成了格特魯德・斯泰茵所謂『父權詩歌』那厭恨女人的核心」。在不少女權主義批評家看來，彌爾頓是父權社會壓制女性在文學上一個極為典型的代表。

的確，《失樂園》中常常肯定男尊女卑的等級觀念，例如彌爾頓很明確地說：「他只為了上帝，而她則為了在他身上體現的上帝。」（IV.299）彌爾頓生活在十七世紀，當然不可能完全擺脫時代和傳統思想的局限。但是，如果在彌爾頓看來，順從、謙卑和溫馴是基督徒最基本的美德，那麼彌爾頓所描寫的夏娃就遠比亞當更接近這樣的美德。研究彌爾頓最傑出的學者之一，哈佛大學教授芭芭娜・魯瓦爾斯基就指出過，在自願承受上帝的惱怒這一點上，基督和夏娃說的話驚人地相似。在史詩第三部，上帝預言了人之墮落及其可怕後果之後，基督對上帝說：「看著我吧，我替他，我交出生命來頂替生命，讓您的憤怒降臨在我身上吧。」（Behold me then, me for him, life for life / I offer, on me let thine anger fall.）（III.236）

在史詩第十部，亞當和夏娃墮落之後互相責怪爭吵，而正在爭吵得十分激烈時，夏娃首先轉變過來，承擔起自己的責任，並且自告奮勇，情願單獨接受全部處罰。「我用哭聲向上天哀告」，夏娃對亞當說：

讓所有的判決
都從你的頭上移開，降臨在
我身上，我才是你一切痛苦的根源，
我，只有我才該是他憤怒的目標。（X.933）

that all
The sentence from thy head removed may light
On me, sole cause to thee of all this woe,
Me me only just object of his ire.

在這兩段對話裏，那個一再重複的「我」（me）字是誰也會注意到的。正如魯瓦爾斯基所說，「在彌爾頓改寫的亞當和夏娃的神話中，是女人體現出了救世主那為人類贖罪的愛。」夏娃誠然第一個違背上帝禁令，偷食了禁果，從而導致人之墮落，可是夏娃也是第一個開始懺悔的人。我們如果記住，在彌爾頓看來，謙卑和懺悔是基督徒的美德，那麼他讓夏娃重複基督所說的話，勇敢地承擔起道德責任，這一點就非常重要。要表現夏娃在使人類得救當中所起的正面作用，實在很難想像還有什麼把她與基督相比，讓她重複基督的話更為有力。事實上，仔細閱讀彌爾頓的詩和散文作品可以讓我們意識到，比起大多數他同時代的人，無論在政治方面，還是在男女性別方面，他都是一個與當時流行觀念格格不入的激進思想家。我認為那正是一部真正經典作品的特質，在經過了各種批評理論的考察評論之後，經典仍將長存於世，永遠給人啟示。毫無疑問，彌爾頓的《失樂園》正是世界文學中這樣一部偉大的經典。■

故事繪圖

伊甸園的故事

吳孟芸

台北藝術大學美術系多媒體組畢業。

曾於米蘭藝術學院主修古典油畫、威尼斯國際平面藝術學院研修金屬版畫、石版畫,與手工書籍裝訂。

插畫作品散見各報章雜誌媒體書籍,創作技法多元豐富,內容多為純文學類作品。

撒旦在地獄召集叛軍，宣布復仇

會議決定，撒旦將親自去探察天神創造的新世界

神子聲言自願捨己為人類贖罪；撒旦飛向樂園

撒旦化身為鳥，潛入樂園

天使告訴亞當、夏娃敵人撒旦的來歷

天使敘述天界的三天大戰

天使說明上帝創造天地萬物的經過

天使向亞當、夏娃解釋他們被創造的過程

夏娃受到蛇的誘惑吃下禁果

天界發覺人類的犯禁；
撒旦回到地獄

天使向亞當夏娃
預示人類的未來

原典選讀

約翰·彌爾頓John Milton 原著

張隆溪 翻譯解析

彌爾頓才華洋溢而且學養豐厚，《失樂園》既選取《聖經·創世記》故事為題材，其語言就極為典雅莊重，同時又非常靈活，有批評家稱之為彌爾頓「崇高的風格」。凡詩都難譯，通過譯文來讀詩，很難體會原詩之美，而《失樂園》之風格、彌爾頓原文那種氣勢和優美，尤其難以在譯文中得到充分體現。不過我還是希望通過譯文——哪怕是與英文差別很大的中文譯文，讓讀者仍然可以約略領會原詩氣勢之磅礴和語言之優美。和莎士比亞的大部分戲劇作品一樣，彌爾頓《失樂園》採用的詩歌形式是五音步抑揚格的無韻體（blank verse），我的中譯並沒有拘泥在音節或頓挫這類形式上與原文一致，而是盡量在意義上接近原文，在行數上與原詩完全一致，更重要的則是嘗試傳達原詩的意味。

下面一段選自《失樂園》第四部440行以下，描寫夏娃向亞當講述上帝造人之初，自己從睡夢中醒來，在一片湖水中發現自己的倒影，然後上帝引導她與亞當相遇。這裏描寫夏娃在湖水中發現自己的倒影，詩的語言通過詞句自身的重複，巧妙寫出水中身影反映夏娃的舉動，十分形象生動。後面描寫亞當和夏娃在樂園中天真無邪，自得其樂，也是詩中優美的段落。

於是夏娃回答說：「啊，為了你　　　　　　　　440

而且因為你，才有了我，骨肉之骨肉，

沒有你，便失去目的，你指引我，

是我的頭腦，你所說的都很正確。

我們的確應該獻給上帝所有的讚美

和每日的感謝，尤其是我，因為我　　　　　　445

比你更加幸運，因為享有你

也就享有得更多，而你

卻找不到與你對等的匹配。

我常常記得那一天，我第一次

從睡夢中醒來，發現自己躺在　　　　　　　　450

綠蔭下一片鮮花之上，正在想

我是誰，我在哪兒，誰把我帶到這裏。

離那兒不遠有一道清泉

從一個山洞汩汩流出，匯成

一片平湖，那湖水純潔澄靜　　　　　　　　　455

有如一片蒼穹，我便走過去，

毫無一點經驗，在綠草如茵的岸邊

躺下來，看那清澈平靜的湖水，

在我，那就好像是另一片藍天。

我剛彎身看去，正對著我　　　　　　　　　　460

在明亮的湖水中便有一個人形

在彎身看我，我驚詫後退，

它也驚詫後退，但我很快高興地回來，

To whom thus Eve replied. O thou for whom

And from whom I was formed, flesh of thy flesh,

And without whom am to no end, my guide

And head! what thou hast said is just and right.

For we to him indeed all praises owe,

And daily thanks; I chiefly, who enjoy

So far the happier lot, enjoying thee

Pre-eminent by so much odds, while thou

Like consort to thyself canst no where find.

That day I oft remember, when from sleep

I first awaked, and found myself reposed

Under a shade on flowers, much wondering where

And what I was, whence thither brought, and how.

Not distant far from thence a murmuring sound

Of waters issued from a cave, and spread

Into a liquid plain, then stood unmoved

Pure as the expanse of Heaven; I thither went

With unexperienced thought, and laid me down

On the green bank, to look into the clear

Smooth lake, that to me seemed another sky.

As I bent down to look, just opposite

A shape within the watery gleam appeared,

Bending to look on me: I started back,

It started back; but pleased I soon returned,

它也高興地回來，同樣很快，而且帶著
同情和愛的目光；如果不是有個聲音 465
警告我，我大概至今還在駐目凝視，
因虛幻的願望而憔悴，那聲音說『你啊，
你所見那個美麗的人兒就是你自己，
它會隨你來，隨你去，但是跟我來吧，
我帶你去的地方，不是空影等待你的到來 470
和你溫柔的擁抱，你將享有他，
你就是按他的形象造成，他是你的，
與你密不可分，你也將會為他
生育無數後代，像你一樣，也因此
將被稱為人類之母。』有這無形的指引， 475
我除了跟隨著立即向前，還能做什麼呢？
直到我望見了你，確實俊秀而高大，
站在一棵梧桐樹下，但在我看來
與湖水中那形象相比，沒有那麼美，
也沒有那麼溫柔嫵媚，於是我轉身離去， 480
你卻隨後追來，大聲道：『美麗的夏娃，
回來吧，你為何逃開？逃避誰？你就是
他的骨，他的肉；為了你的存在，
我從最靠近心臟的一側借出骨肉，
給你實在的生命，好使你在我身旁， 485
你我相依為命，從此永不分離；
在你身上我尋求我一半的靈魂，把你

Pleased it returned as soon with answering looks

Of sympathy and love: There I had fixed

Mine eyes till now, and pined with vain desire,

Had not a voice thus warned me; 'What thou seest,

'What there thou seest, fair Creature, is thyself;

'With thee it came and goes: but follow me,

'And I will bring thee where no shadow stays

'Thy coming, and thy soft embraces, he

'Whose image thou art; him thou shalt enjoy

'Inseparably thine, to him shalt bear

'Multitudes like thyself, and thence be called

'Mother of human race.' What could I do,

But follow straight, invisibly thus led?

Till I espied thee, fair indeed and tall,

Under a platane; yet methought less fair,

Less winning soft, less amiably mild,

Than that smooth watery image: Back I turned;

Thou following cryedst aloud, 'Return, fair Eve;

'Whom flyest thou? whom thou flyest, of him thou art,

'His flesh, his bone; to give thee being I lent

'Out of my side to thee, nearest my heart,

'Substantial life, to have thee by my side

'Henceforth an individual solace dear;

'Part of my soul I seek thee, and thee claim

視為我的另一半。』你說完就用溫存的手

握住我的手，我於是順從，而且從此

認識到美其實不如男性的恩愛　　　　　　490

和智慧，那才是真正的美。」

我們人類之母這樣說完，便投以

夫妻之間純潔恩愛的目光，又帶著

柔情，一半擁抱著緊靠在

我們的始祖身上，她隆起的豐乳　　　　　495

裸露著，掩在她鬆散飄動的

金髮下，一半緊貼他的胸膛，

他喜愛她的美貌，還有她的嬌柔，

便報以更高的愛之微笑，就像朱比特

對仙后微笑，使雲彩孕育出　　　　　　　500

五月的花雨；更在她母性的唇上

印上純潔的親吻。

'My other half:' With that thy gentle hand

Seised mine: I yielded; and from that time see

How beauty is excelled by manly grace,

And wisdom, which alone is truly fair.

So spake our general mother, and with eyes

Of conjugal attraction unreproved,

And meek surrender, half-embracing leaned

On our first father; half her swelling breast

Naked met his, under the flowing gold

Of her loose tresses hid: he in delight

Both of her beauty, and submissive charms,

Smiled with superiour love, as Jupiter

On Juno smiles, when he impregns the clouds

That shed Mayflowers; and pressed her matron lip

With kisses pure.

下面一段選自《失樂園》第七部開頭。這剛好是史詩下半部分的開始，彌爾頓在此呼喚幫助他的詩神尤瑞尼婭，並說明她不是希臘古典神話中的繆斯女神，而是基督教天堂裏的女神，並由此把自己的作品區別於古典史詩和神話。其中多處提到希臘古典，這是史詩這一文學形式本身的規範，由此我們可以瞭解史詩的形式，並對其規範和文體有所體會。這部分詩中有些詞句帶有強烈的自傳色彩，也使我們可以想見彌爾頓寫作此詩時，他所處的環境和心情。

從天上降臨吧，尤瑞尼婭①，

如果那就是您的名字，我將跟隨

您神聖的聲音，飛越奧林匹斯山，

超過佩伽索斯羽翼②飛臨的高度。

我呼喚的是真義，不是名，因為您　　　　　　　　　　5

不是九位繆斯之一，也不居住在

老奧林匹斯山，卻出生在天上，

在山峰突起，泉水噴發之前，

您已和永恆的智慧交往，

智慧和您是姊妹，您和她　　　　　　　　　　　　　10

曾在全能的天父面前嬉戲，他喜歡

您那天上才有的歌。有您引導，

我竟得以進入那天外之天，

Descend from Heaven, Urania, by that name

If rightly thou art called, whose voice divine

Following, above the Olympian hill I soar,

Above the flight of Pegasean wing!

The meaning, not the name, I call: for thou

Nor of the Muses nine, nor on the top

Of old Olympus dwellest; but, heavenly-born,

Before the hills appeared, or fountain flowed,

Thou with eternal Wisdom didst converse,

Wisdom thy sister, and with her didst play

In presence of the Almighty Father, pleased

With thy celestial song. Up led by thee

Into the Heaven of Heavens I have presumed,

一個來自凡間的遊客，竟能呼吸

您調節的最高層天的空氣；請引導我　　　　　　　　　　　　15

安全返回我原本所屬之地：

不要讓我駕馭不住這無韁的飛馬，

（就像當年貝勒洛豐③，雖然從更低處），

跌落在流浪之荒野上，

在那裏無親無故，獨自徬徨。　　　　　　　　　　　　　　　20

我的歌還有一半未唱，但範圍更窄，

就在這可見的每日運轉的世界上；

站在地上，而非越過世界之極端，

我更安全地用凡人的聲音歌唱，既未

沙啞，亦未沉默，雖墜落在邪惡的日子，　　　　　　　　　　25

雖在邪惡的日子墜落，更有惡言中傷；

身處黑暗之中，周遭密布著危險，

而且孤獨；但我並不孤單，因為你

時常造訪，或在我夜夢之中，或在晨曦

將東方染成紫紅時；您永遠指導我歌唱，　　　　　　　　　　30

尤瑞尼婭，助我尋找知音，雖然寥寥無幾。

An earthly guest, and drawn empyreal air,

Thy tempering: with like safety guided down

Return me to my native element:

Lest from this flying steed unreined, (as once

Bellerophon, though from a lower clime,)

Dismounted, on the Aleian field I fall,

Erroneous there to wander, and forlorn.

Half yet remains unsung, but narrower bound

Within the visible diurnal sphere;

Standing on earth, not rapt above the pole,

More safe I sing with mortal voice, unchanged

To hoarse or mute, though fallen on evil days,

On evil days though fallen, and evil tongues;

In darkness, and with dangers compassed round,

And solitude; yet not alone, while thou

Visitest my slumbers nightly, or when morn

Purples the east: still govern thou my song,

Urania, and fit audience find, though few.

下面一段選自《失樂園》第九部679行以下。撒旦乘黑夜化為迷霧，潛入伊甸樂園，進入沉睡中蛇的身體。後來他發現夏娃獨自一人，便對她獻上花言巧語，假說自己吃了禁果，變得可以像人一樣講話，引誘她吃知識樹的禁果。這是魔鬼誘惑夏娃偷食禁果而違犯上帝禁令的一段，其中不無值得我們深思之處，讀來頗有意趣。

啊，神聖、聰慧、給予智慧之樹，

一切知識之母，我現在清清楚楚　　　　　　　　　　680

感覺到你的神力，不僅能辨別

事物及其根由，而且能夠跟蹤

最高的行動，無論有多麼高深。

這個宇宙的女王啊，不要相信

那嚴厲的死之威脅；您絕不會死：　　　　　　　685

怎麼會呢？難道因為果實？它只會

給您知識再加生命。是那威脅者嗎？

您看我，我摸了也吃了，但不僅活著，

而且因為超出本來的定命，敢於冒險，

我的生命比命中注定的更為圓滿。　　　　　　　690

對動物可以開放的，難道對人竟然

關閉？難道上帝竟為這小小一點過失

會大發雷霆，而不是反過來稱讚

你們無畏的勇氣，敢於不顧

O sacred, wise, and wisdom-giving Plant,

Mother of science! now I feel thy power

Within me clear; not only to discern

Things in their causes, but to trace the ways

Of highest agents, deemed however wise.

Queen of this universe! do not believe

Those rigid threats of death: ye shall not die:

How should you? by the fruit? it gives you life

To knowledge; by the threatener? look on me,

Me, who have touched and tasted; yet both live,

And life more perfect have attained than Fate

Meant me, by venturing higher than my lot.

Shall that be shut to Man, which to the Beast

Is open? or will God incense his ire

For such a petty trespass? and not praise

Rather your dauntless virtue, whom the pain

死的警告，不管死是個什麼東西，695

敢於勇往直前，奮力去獲取

更幸福的生活、關於善惡的知識；

善，怎麼知道？惡，如果真有惡這東西，

為什麼不該認識，認識了才好躲避？

所以上帝要是公正，就不能傷害你們；700

如果不公，就不是上帝；就不該畏懼服從：

你們對死之畏懼就正好消除畏懼。

為什麼有此禁令？還不就是為了威嚇你們，

還不就是為了使你們低下而且愚昧，

對他頂禮膜拜；他知道就在你們吃下果實705

那一天，你們看起來明亮的雙眼

其實晦暗，在那一刻就會完美地張開，

變得清朗，你們就會像神一樣，

知道善惡，和他們知道善惡一樣。

你們會變成神，而我變成人，710

內在是人，這恰好符合比例，

我由動物變成人，你們由人變為神。

你們也許會因此而死，但擺脫人

而獲得神的特性，死也值得，

這雖是一種威脅，卻不可能比這更壞。715

神又是什麼，人竟不能變得

和他們一樣，享用神用的食品？

神最先存在，也就利用這一點

Of death denounced, whatever thing death be,

Deterred not from achieving what might lead

To happier life, knowledge of good and evil;

Of good, how just? of evil, if what is evil

Be real, why not known, since easier shunned?

God therefore cannot hurt ye, and be just;

Not just, not God; not feared then, nor obeyed:

Your fear itself of death removes the fear.

Why then was this forbid? Why, but to awe;

Why, but to keep ye low and ignorant,

His worshippers? He knows that in the day

Ye eat thereof, your eyes that seem so clear,

Yet are but dim, shall perfectly be then

Opened and cleared, and ye shall be as Gods,

Knowing both good and evil, as they know.

That ye shall be as Gods, since I as Man,

Internal Man, is but proportion meet;

I, of brute, human; ye, of human, Gods.

So ye shall die perhaps, by putting off

Human, to put on Gods; death to be wished,

Though threatened, which no worse than this can bring.

And what are Gods, that Man may not become

As they, participating God-like food?

The Gods are first, and that advantage use

要我們相信，一切都由他們產生；

我質疑這點，因為我見這美麗的大地　　　　　　　　720

由陽光而溫暖，生長萬類，

與他們無關：他們若產生一切，是誰

把善惡的知識放在這棵樹裏？

又是誰可以吃這果實，由此獲得

智慧而無需他們恩准？此中罪過　　　　　　　　725

又在哪裏，人要獲罪才會知道？

你們的知識對他有什麼傷害？如果一切

都是他的，這棵樹又怎能違背他的意志？

或者是他妒忌吧，可是妒忌

怎麼會在天神的胸懷？所有這種種原因　　　　　730

都說明你們需要這棵樹美好的果實。

人間的女神啊，放大膽去摘取品嘗吧。

他說完了，這些欺詐的言詞

很容易就進入到她心裏：

她凝視著這果實，只要看見它　　　　　　　　735

已足以讓人口饞，這時在她耳邊

還響著他似乎很有說服力的話，

好像充滿了理由，說的都是真理；

這時恰好時至中午，喚醒了

強烈的食欲，再加上那果子　　　　　　　　740

發出如此芬芳，使人饞涎欲滴，

禁不住要想去採摘，去品嘗，

On our belief, that all from them proceeds:

I question it; for this fair earth I see,

Warmed by the sun, producing every kind;

Them, nothing: if they all things, who enclosed

Knowledge of good and evil in this tree,

That whoso eats thereof, forthwith attains

Wisdom without their leave? and wherein lies

The offence, that Man should thus attain to know?

What can your knowledge hurt him, or this tree

Impart against his will, if all be his?

Or is it envy? and can envy dwell

In heavenly breasts? These, these, and many more

Causes import your need of this fair fruit.

Goddess humane, reach then, and freely taste!

He ended; and his words, replete with guile,

Into her heart too easy entrance won:

Fixed on the fruit she gazed, which to behold

Might tempt alone; and in her ears the sound

Yet rung of his persuasive words, impregned

With reason, to her seeming, and with truth;

Mean while the hour of noon drew on, and waked

An eager appetite, raised by the smell

So savoury of that fruit, which with desire,

Inclinable now grown to touch or taste,

吸引著她渴望的目光；不過她先還是

暫且停住，思忖著對自己說：

「最好的果實啊，你無疑力量偉大，　　　　　　　　　745

雖然不讓人吃，卻值得人讚美，

你久被禁止的美味，一被品嘗，

就讓喑啞者能說話，教會

那本來不能說話的舌頭讚美你：

他雖禁止你的使用，卻並沒有掩藏　　　　　　　　750

對你的讚美，把你命名為

知識之樹，含有善與惡的知識；

他禁止我們品嘗你，但那禁令

只使人更想得到你，暗示你

可以傳播善，卻又是我們沒有的：　　　　　　　　755

因為不知善就等於沒有善，或者有

而懵然不知，那就和沒有一樣。

說白了，他的禁令就是要我們不知，

禁止我們善，禁止我們有智慧嗎？

這樣的禁忌是無效的。但如果我們行動，　　　　　760

後果就是死亡，那麼我們內在的自由

又有什麼好處？我們吃下這美麗的果實

那一天，我們就會終結，就會死去。

那蛇怎麼沒有死？他吃了，但還活著，

還有知識，能說話，能推理，能辨析，　　　　　　765

而它過去曾全無理性。難道死亡

Solicited her longing eye; yet first

Pausing a while, thus to herself she mused.

Great are thy virtues, doubtless, best of fruits,

Though kept from man, and worthy to be admired;

Whose taste, too long forborn, at first assay

Gave elocution to the mute, and taught

The tongue not made for speech to speak thy praise:

Thy praise he also, who forbids thy use,

Conceals not from us, naming thee the tree

Of knowledge, knowledge both of good and evil;

Forbids us then to taste! but his forbidding

Commends thee more, while it infers the good

By thee communicated, and our want:

For good unknown sure is not had; or, had

And yet unknown, is as not had at all.

In plain then, what forbids he but to know,

Forbids us good, forbids us to be wise?

Such prohibitions bind not. But, if death

Bind us with after-bands, what profits then

Our inward freedom? In the day we eat

Of this fair fruit, our doom is, we shall die!

How dies the Serpent? he hath eaten and lives,

And knows, and speaks, and reasons, and discerns,

Irrational till then. For us alone

只是為我們而發明？難道智性的食糧

可以給動物，卻拒絕給我們？

看來真好像只給動物，可是那首先吃了的

這個動物卻並無妒忌，反而歡快地 770

帶來降臨在他身上的善、毋庸質疑的尊嚴，

對人友善，毫無任何狡詐或欺騙。

那我還怕什麼，而且怎麼知道害怕，

既然我本來就不知什麼是善，什麼是惡，

不知道神或死，不知律法或懲戒？ 775

可解答這一切的就長在這裏，這神聖的果實，

眼裏看來那麼美，吃起來會那麼香，

有給人智慧的神力：那還有什麼可以

阻擋我以整個身心去採摘，去品嘗？」

Was death invented? or to us denied

This intellectual food, for beasts reserved?

For beasts it seems: yet that one beast which first

Hath tasted envies not, but brings with joy

The good befallen him, author unsuspect,

Friendly to man, far from deceit or guile.

What fear I then? rather, what know to fear

Under this ignorance of good and evil,

Of God or death, of law or penalty?

Here grows the cure of all, this fruit divine,

Fair to the eye, inviting to the taste,

Of virtue to make wise: What hinders then

To reach, and feed at once both body and mind?

下面一段選自《失樂園》第十部第720至844行。
亞當和夏娃偷食禁果之後，被上帝懲罰詛咒，亞當
知道人類自此將失去伊甸樂園，而且將有生命的終
結和死亡，於是心情沮喪，哀怨不已。這是亞當的
哀歌：

哦，由幸福轉至悲哀！這輝煌的新世界　　　　　　720

難道就這樣終結嗎？我不久前還是

那輝煌中之輝煌，現在卻由受祝福的

變成被詛咒的；把我藏起來，不要見

上帝之面吧，看見他曾是我最高的

幸福！但如果痛苦就此結束，　　　　　　　　　　725

那也還好，我該受罰，也甘願

接受我該受的處罰，可是這還不行；

我吃下和喝下的，我生出的子孫後代，

都會受詛咒的沾染。「生養眾多」④那句話，

聽來曾是那麼令人歡快，現在卻是　　　　　　　　730

死亡之音！因為除了我頭上的詛咒，

還有什麼我能去繁殖生養？

今後世世代代的子孫，感覺到

由我帶給他們的惡，誰不會

罵我：我們不潔的祖先帶來厄運，　　　　　　　　735

這都該感謝亞當；但那感謝

只會是咒罵；於是除了我

O miserable of happy! Is this the end

Of this new glorious world, and me so late

The glory of that glory, who now become

Accursed, of blessed? hide me from the face

Of God, whom to behold was then my highth

Of happiness!--Yet well, if here would end

The misery; I deserved it, and would bear

My own deservings; but this will not serve;

All that I eat or drink, or shall beget,

Is propagated curse. O voice, once heard

Delightfully, Encrease and multiply;

Now death to hear! for what can I encrease,

Or multiply, but curses on my head?

Who of all ages to succeed, but, feeling

The evil on him brought by me, will curse

My head? Ill fare our ancestor impure,

For this we may thank Adam! but his thanks

Shall be the execration; so, besides

自己身受的詛咒，我生出的後代
都會把咒罵反彈回我的身上，
我就像是他們自然的中心，他們各自　　　　　　740
都重重地落在我身上。啊，樂園中
飛逝的歡樂，以永遠的痛苦為代價！
造物主啊，難道我求過您從泥土
把我塑造成人，難道我懇請您
把我引出黑暗，放在這裏，　　　　　　　　745
安置在這秀麗的花園？既然
我的意志不合我的存在，把我銷毀
而復歸塵土，那也是理所當然，
我可以接受，也心甘情願
把賜予我的一切歸還，您的條件　　　　　　750
太難了，我無法做到去守持
我並未尋求的善。失去了它，
也受夠了懲罰，但您為什麼還要
加予無盡痛苦之感？我實在無法
理解您的公正；其實我這樣爭辯　　　　　　755
已經太晚；在提出那些條件之初，
無論什麼條件，當時就該拒絕；
既然你那時接受，難道享受優惠，
卻又挑剔那些條件？雖然上帝
未經你同意造了你，如果你的兒子　　　　　　760
反叛你，你責備他，他卻反駁說，

Mine own that bide upon me, all from me

Shall with a fierce reflux on me rebound;

On me, as on their natural center, light

Heavy, though in their place. O fleeting joys

Of Paradise, dear bought with lasting woes!

Did I request thee, Maker, from my clay

To mould me Man? did I solicit thee

From darkness to promote me, or here place

In this delicious garden? As my will

Concurred not to my being, it were but right

And equal to reduce me to my dust;

Desirous to resign and render back

All I received; unable to perform

Thy terms too hard, by which I was to hold

The good I sought not. To the loss of that,

Sufficient penalty, why hast thou added

The sense of endless woes? Inexplicable

Thy justice seems. Yet, to say truth, too late

I thus contest; then should have been refused

Those terms, whatever, when they were proposed.

Thou didst accept them: wilt thou enjoy the good,

Then cavil the conditions? And, though God

Made thee without thy leave, what if thy son

Prove disobedient, and, reproved, retort,

你為什麼生我？我沒有求過你；
你難道會容許他為如此的侮慢
找到那無理的藉口？況且你別無選擇，
自然而且必然地生出後代。 765
上帝自己決定造人，他所造的
都聽命於他，他的恩惠賜予你報賞，
他的意志也公正地給你處罰。
就這樣吧，我順從，他的懲罰公正，
我本是塵土，也將復歸於塵土； 770
啊，歡迎你，命定的時刻！為什麼
阻攔他的手來執行他注定今天
就該完成的命令？為什麼我還活著，
為什麼讓死來作弄我，延長
沒有死的痛苦？我會多麼高興去 775
面對處決和死亡，變成泥土，
沒有知覺，我會多麼高興地躺下，
就像在母親的懷抱！在那裏我可以
安然睡去，耳裏再不會響起
他雷鳴般可怕的聲音，也再不會 780
擔驚受怕，為自己和子孫的厄運
受盡折磨。可是我還有一點疑慮
擺脫不開，要是我不會全部死去，
要是人之精神，上帝灌入那純粹的
生命氣息，不會與這速朽的肉身 785

'Wherefore didst thou beget me? I sought it not!'

Wouldst thou admit for his contempt of thee

That proud excuse? yet him not thy election,

But natural necessity, begot.

God made thee of choice his own, and of his own

To serve him; thy reward was of his grace;

Thy punishment, then, justly is at his will.

Be it so, for I submit; his doom is fair,

That dust I am, and shall to dust return.

O welcome hour whenever! Why delays

His hand to execute what his decree

Fixed on this day? Why do I overlive?

Why am I mocked with death, and lengthened out

To deathless pain? How gladly would I meet

Mortality my sentence, and be earth

Insensible! How glad would lay me down

As in my mother's lap! There I should rest,

And sleep secure; his dreadful voice no more

Would thunder in my ears; no fear of worse

To me, and to my offspring, would torment me

With cruel expectation. Yet one doubt

Pursues me still, lest all I cannot die;

Lest that pure breath of life, the spirit of Man

Which God inspired, cannot together perish

一併死亡；那麼在墳墓裏，
或在別的什麼陰暗地方，誰知道
我會不會是活的死屍？若真是如此，
那是多麼可怕！但為什麼？犯罪的
只是生命的氣息；有生命而犯罪的　　　　　　790
才會死？而身體卻兩者都沒有。
那麼我的一切都會死：讓我的疑慮
就此消融吧，人所知的也就只能到此。
因為雖然天主的一切都是無限，
他的憤怒也是嗎？也許吧，但人不是，　　　795
人注定了會死。既然死使人終結，
他怎麼可能對人發泄無盡的憤怒？
他可以讓死亡不死嗎？那豈不造成
奇怪的矛盾，而那在上帝那裏
是絕無可能，因為那論證推理　　　　　　800
十分軟弱，沒有力量。他因為憤怒，
就會在懲罰人時，把有限的延展
到無限，好滿足他永不滿足的
嚴酷意願；那豈不就會把判決
延伸到塵土和自然法則之外，　　　　　　805
而其他一切原因仍然依據那法則
按照它們接受的物質來行動，
而未越過它們範圍的尺度。可是
死並非如我以為那樣，只一擊

With this corporeal clod; then, in the grave,

Or in some other dismal place, who knows

But I shall die a living death? O thought

Horrid, if true! Yet why? It was but breath

Of life that sinned; what dies but what had life

And sin? The body properly had neither,

All of me then shall die: let this appease

The doubt, since human reach no further knows.

For though the Lord of all be infinite,

Is his wrath also? Be it, Man is not so,

But mortal doomed. How can he exercise

Wrath without end on Man, whom death must end?

Can he make deathless death? That were to make

Strange contradiction, which to God himself

Impossible is held; as argument

Of weakness, not of power. Will he draw out,

For anger's sake, finite to infinite,

In punished Man, to satisfy his rigour,

Satisfied never? That were to extend

His sentence beyond dust and Nature's law;

By which all causes else, according still

To the reception of their matter, act;

Not to the extent of their own sphere. But say

That death be not one stroke, as I supposed,

便奪去感覺，卻是從今以後　　　　　　　　　　810

無盡的痛苦，我感到已經開始，

在我身內，也在我身外，一直

延續到永遠；唉，那恐懼

有如霹靂般滾滾而來，擊在

我毫無保護的頭上；死亡和我　　　　　　　　815

都是永恆，兩者合為一體，

我並非單一的一個，在我身上

子孫後代都受了詛咒；美好的遺產，

兒孫們啊，本該留給你們，但願我能

耗盡一切，什麼也不要傳給你們！　　　　　　820

我成了你們的詛咒，你們無可繼承，

怎麼會給我祝福呢！唉，為什麼

一個人犯錯，全人類都要無辜受罰，

如果真的無辜？但從我這裏除了腐敗，

還能傳下什麼，他們心靈和意志都腐化了，　　825

不僅行動，而且意願上都和我

一樣？那麼在上帝跟前，他們怎能

是無罪的呢？在所有爭辯之後，我只好

承認他沒有錯：我那些無用的遁辭

和理由，雖然繞來繞去，最終的結果　　　　　830

還是定了我有罪：從頭至尾，

我，只有我，才是一切腐敗

之根源，也該受所有的譴責；

Bereaving sense, but endless misery

From this day onward; which I feel begun

Both in me, and without me; and so last

To perpetuity;--Ay me! that fear

Comes thundering back with dreadful revolution

On my defenceless head; both Death and I

Am found eternal, and incorporate both;

Nor I on my part single; in me all

Posterity stands cursed: Fair patrimony

That I must leave ye, Sons! O, were I able

To waste it all myself, and leave ye none!

So disinherited, how would you bless

Me, now your curse! Ah, why should all mankind,

For one man's fault, thus guiltless be condemned,

It guiltless? But from me what can proceed,

But all corrupt; both mind and will depraved

Not to do only, but to will the same

With me? How can they then acquitted stand

In sight of God? Him, after all disputes,

Forced I absolve: all my evasions vain,

And reasonings, though through mazes, lead me still

But to my own conviction: first and last

On me, me only, as the source and spring

Of all corruption, all the blame lights due;

受上帝之震怒。多麼愚蠢的意願！

雖然和那壞女人分擔，難道你能支撐　　　　　　　835

比地球、比整個世界還要沉重的

巨大負擔？所以你希望的

和你畏懼的，都會摧毀一切希望，

使你無可逃避，證明你之不幸

遠過於過去和未來一切的例子，　　　　　　　　840

在罪與罰上，只有撒旦可以比併。

啊，良心啊，你把我驅趕進

多麼恐怖可怕的深淵；在那裏

我不辨路徑，從深處墜入更深！

So might the wrath! Fond wish! couldst thou support

That burden, heavier than the earth to bear;

Than all the world much heavier, though divided

With that bad Woman? Thus, what thou desirest,

And what thou fearest, alike destroys all hope

Of refuge, and concludes thee miserable

Beyond all past example and future;

To Satan only like both crime and doom.

O Conscience! into what abyss of fears

And horrours hast thou driven me; out of which

I find no way, from deep to deeper plunged!

最後這一段選自《失樂園》第十二部第553至587行。大天使邁克爾為亞當講述了人類將來會遭遇的一切，使亞當明白謙卑恭順的道理，對人類未來重新充滿新的信念。在彌爾頓看來，謙卑、順從是基督徒的美德，而且世間的柔弱會克制剛強。這一段很可以幫助我們理解彌爾頓關於善與惡、關於人類之歷史與未來的思想，而且看出他對人類未來抱一種積極樂觀的精神。

有福的先知啊，您的預言多麼快

就涵蓋了這無常的世界，時間流逝，

直到時間完全靜止：在那以外是深淵，　　　　　　555

是永恆，誰也望不見它的盡頭。

我已深受教誨，將從這裏出發，

懷著平靜的心思，獲取我應有的

知識，是我這凡軀可以裝載的；

超過那限度去追求，就會是愚蠢。　　　　　　560

從此我認識到，順從是最好的，

畏懼並敬愛唯一的神，一切舉動

都像在他跟前，隨時遵從

神意的天命，以他為唯一依靠，

對他所造的一切都施以悲憫，　　　　　　565

以善勝惡，以細小的行動

成就大的事業，以看似柔弱者

How soon hath thy prediction, Seer blest,

Measured this transient world, the race of time,

Till time stand fixed! Beyond is all abyss,

Eternity, whose end no eye can reach.

Greatly-instructed I shall hence depart;

Greatly in peace of thought; and have my fill

Of knowledge, what this vessel can contain;

Beyond which was my folly to aspire.

Henceforth I learn, that to obey is best,

And love with fear the only God; to walk

As in his presence; ever to observe

His providence; and on him sole depend,

Merciful over all his works, with good

Still overcoming evil, and by small

Accomplishing great things, by things deemed weak

去克制世間之剛強，以柔順者

克制世間之巧智；為真理受難

是強壯自己以取得最大的勝利，　　　　　　　　　　570

對虔信者，死乃是生命之門；

我現在承認為最有福的救世主，

是他以身作則教我認識到這一點。

於是天使這樣回答他道：

學會了這個，你就達到了智慧的　　　　　　　　　　575

頂點；不要希望更高，雖然你已知道

所有星宿的名字，所有天上的神聖，

所有大海的秘密，自然的萬匯，

上帝在天上、空中、大地和海裏所造，

享用這世間所有豐富的事物，　　　　　　　　　　　580

一切法規，擁有整個帝國；只再加上

與你的知識相應的行動，加上信仰、

德行、耐心、節制，加上愛，

那後來被稱為「仁愛」的，那是其他一切

的靈魂：那麼你就不會悔恨　　　　　　　　　　　　585

離開這個樂園，卻會在你自身

擁有一個內在的樂園，遠更美好。

【注釋】

①尤瑞尼婭（Urania）本來是希臘神話中司天文的繆斯，但彌爾頓借用此名呼喚他的詩神，
　　所以他不肯定這名是否正確，而且把他呼喚的尤瑞尼婭區別於古典的繆斯女神。

②佩伽索斯羽翼（Pegasean wing）：佩伽索斯是希臘神話中有翼的神馬，為繆斯女神們所寵愛。

Subverting worldly strong, and worldly wise

By simply meek: that suffering for truth's sake

Is fortitude to highest victory,

And, to the faithful, death the gate of life;

Taught this by his example, whom I now

Acknowledge my Redeemer ever blest.

To whom thus also the Angel last replied.

This having learned, thou hast attained the sum

Of wisdom; hope no higher, though all the stars

Thou knewest by name, and all the ethereal powers,

All secrets of the deep, all Nature's works,

Or works of God in Heaven, air, earth, or sea,

And all the riches of this world enjoyedst,

And all the rule, one empire; only add

Deeds to thy knowledge answerable; add faith,

Add virtue, patience, temperance; add love,

By name to come called charity, the soul

Of all the rest: then wilt thou not be loth

To leave this Paradise, but shalt possess

A Paradise within thee, happier far.

③貝勒洛豐（Bellerophon）是伊菲爾（Ephyre）國的王子，曾乘坐佩伽索斯斬殺怪獸。
　後來他想飛上天宮，大神朱比特放出一隻牛蛇咬他的座騎，佩伽索斯受到驚嚇，
　使貝勒洛豐跌下馬來，落在荒野裏四處流浪，直至他在孤獨抑鬱中死去。
④「生養眾多」（Increase and multiply）是上帝造人後給人的祝福。見《聖經・創世記》i.28。

這本書的譜系
Related Reading

《基爾嘉美緒》The Epic of Gilgamesh
作者：身份不詳　出版時間：公元前二十世紀

古代美索不達米亞地區的蘇美故事，記述偉大的基爾嘉美緒國王興建烏魯克的城牆。頌揚人類親屬之間的冒險精神，探討人類該付多大的代價以成就文明，和君王應該的擁有的適切職責。

《伊利亞特》Iliad
作者：荷馬 Homer　出版時間：公元前八－六世紀

古希臘的戰爭史詩，記載希臘與特洛伊城之間的戰爭。敘述特洛伊戰爭第十年（也是最後一年）裏面幾個星期的活動。以阿基里斯和阿伽門農的爭吵開始，以赫克特的葬禮結束。

《奧德賽》Odyssey
作者：荷馬 Homer　出版時間：公元前八－六世紀

記載特洛伊戰爭之後主角奧德修斯花費十年返家的故事。因為觸怒海神波塞頓，降臨災禍給他，使他們遇到海難，全軍覆沒。最後在諸神幫助下，奧德修斯終於回到家鄉，和妻兒團聚。

《伊底帕斯王》Oedipus the King
作者：索福克里斯 Sophocles　出版時間：公元前427年

伊底帕斯是底比斯國王拉伊奧斯和王后約卡斯塔的兒子，他在不知情的情況下，殺死了自己的父親並娶了自己的母親，完全實現阿波羅的預言。主旨在述說人不可能逃離上天所安排的宿命。

《約伯記》The Book of Job
作者：摩西 Moses　出版時間：公元前七－三世紀左右

是《舊約》文學的一部分。約伯沒有犯罪卻遭受痛苦打擊，旨在針對一般「善有善報、惡有惡報」的因果報應信仰陳述不同的理念，陳明苦難的原因不一定是「罪惡」，造物者不必然要服膺於因果律。

《埃涅阿斯記》Aeneid
作者：維吉爾 Virgil　出版時間：公元前29-19年

敘述羅馬人的祖先埃涅阿斯的經歷。本書共十二卷，前半部記述主角由特洛伊到義大利的流浪經歷，後半部是描述特洛伊人與拉丁人戰爭並大獲全勝的過程。維吉爾將羅馬的文化創建與源流聯繫在特洛伊的傳奇故事聯繫在一起。

《變形記》Metamorphoses
作者：奧維德 Ovid　出版時間：公元8年

集希臘羅馬神話之大成。從創世寫到凱撒之死，到奧古斯都繼位為止。全書圍繞「變形」的主題，藉著「變形」表達事物不斷變化的道理，闡明「一切事物都在變易中形成」的哲理。

《貝奧武夫》Beowulf

作者：身份不詳　出版時間：公元八世紀

故事的舞台位於北歐的斯堪的納維亞半島。是以古英語記載的傳說中最古老的一篇，記述貝奧武夫屠龍的英勇經歷。這部史詩的偉大之處是將英雄事蹟與基督教美德串連在一起。

《神曲》Divine Comedy

作者：但丁　出版時間：1307-21

全詩為三部分《地獄》、《煉獄》、《天堂》，但丁在這三個地方和所遇見的名人靈魂交談，包括歷史上好的壞的許多著名人物，他將自己欽佩和厭惡的人物分別納入各個部分，其中也包括許多他對神學問題的見解。

《仙后》The Faerie Queene

作者：史賓塞 Edmund Spenser　出版時間：1590-96

作者崇尚亞瑟王傳奇的騎士精神，所以效仿亞瑟王傳奇的手法，寫下了這篇史詩。描述騎士霍理士與公主優娜一同對抗惡龍的故事。以寓意和象徵的手法來讚揚女王伊麗莎白一世。

《失樂園》Paradise Lost

作者：彌爾頓 John Milton　出版時間：1667、1674

以《舊約・創世記》第三章為藍本來描述創造、試探、天上戰爭、與人類墮落等的巨著。彌爾頓旨在「訴說神的永恆保治，並向人類證明神的道」。透過史詩的傳統來陳述基督教信仰的深切意義和源流。

《唐・璜》Don Juan

作者：拜倫 Lord Byron　出版時間：1818-24

這部作品是史詩的變體，意思是，它所描述的主角既非英雄，也沒有如神一般特殊的力量，他反而是一個容易受到女人誘惑的男性。作者希望人們可以忽視抵抗而擁抱熱烈的激情。

《草葉集》Leaves of Grass

作者：惠特曼 Walt Whitman　出版時間：1855

不同於其他英文巨著皆以宗教靈性方面的象徵、寓意、或審思為目標，本書以頌揚感官的歡愉和興致所出名。《草葉集》特別崇尚肉體與物質世界的向度。

《荒原》The Waste Land

作者：艾略特 T. S. Eliot　出版時間：1922

被尊稱是二十世紀最重要的詩集之一，也是現代文學的試金石。其體材是讓艾略特引發興致而想要嘗試試驗的戲劇獨白。艾略特也自己對《荒原》做註解和典故說明。

延伸的書、音樂、影像
Books, Audio & Videos

《失樂園‧多雷插圖本》

作者：約翰‧彌爾頓（John Milton），多雷 繪

譯者：朱維之

出版社：吉林出版，2007年

被譽為繼《伊利亞特》、《奧德賽》和《神曲》後最偉大的史詩作品。全書分為十二卷，取材自《聖經》。講述撒旦化身為蛇，引誘亞當和夏娃違背上帝意旨，偷吃禁果，最後被逐出伊甸園的故事。

《復樂園‧鬥士參孫》

作者：約翰‧彌爾頓（John Milton）

譯者：朱維之

出版社：上海譯文出版社，1981年

收錄彌爾頓的作品《復樂園》、《鬥士參孫》，以及短詩和十四行詩。《復樂園》可以說是《失樂園》的續篇，描述耶穌的降生，並且抵禦住撒旦的誘惑，從而拯救人類重返伊甸園的故事。《鬥士參孫》敘述具有超人神力的參孫遭妻子的出賣，失去了神力，並且雙目失明，但他仍奮勇抗衡，終與敵人同歸於盡。

《奧德賽》

作者：荷馬（Homer）

譯者：王煥生

出版社：貓頭鷹，2000年

本書講述主角奧德修斯在特洛伊戰爭結束後回歸故鄉的整個經過，以及回到家鄉報復並擊退各個求婚人，並和妻兒團聚的故事。

《伊利亞特》

作者：荷馬（Homer）

譯者：羅念生、王煥生

出版社：貓頭鷹，2000年

敘述特洛伊的王子帕里斯，擄走了斯巴達王的美麗妻子海倫，而引發了戰爭。

《神曲》（全三冊）

作者：但丁（Alighieri Dante）

譯者：黃國彬

出版社：九歌出版，2003年

義大利詩人但丁歷時多年完成的古典長詩，分成《地獄篇》、《煉獄篇》、和《天堂篇》三個部分。主要敘述但丁在黑暗森林裏迷路，危急時獲古羅馬詩人維吉爾的靈魂幫助，跟隨他穿過地獄和煉獄，後來獲貝亞德的領導遊歷天堂，最後得見上帝一面。

《受難記：最後的激情》

導演：梅爾·吉勃遜（Mel Gibson）

主演：吉姆卡維佐（James Caviezel）、莫妮卡貝露琪（Monica Bellucci）

劇情描述耶穌在拿撒勒最後十二個小時的故事。由客西馬尼園的橄欖園開始，耶穌在結束最後的晚餐後，來到這裏祈禱。耶穌抗拒撒旦的誘惑，因為猶大的背叛被逮捕，被帶到耶路撒冷城中接受祭司長的審判，並對他提出褻瀆等控訴，下了釘在十字架上的死刑判決。

神劇《創世記》

作曲：海頓（Haydn）

指揮：哈農庫特（Nikolaus Harnoncourt）

樂團：維也納室內弦樂團

發行：DHM，2004年

奧地利作曲家海頓於1798年完成神劇《創世記》，內容是根據《聖經·創世記》以及彌爾頓的《失樂園》所寫成。

經典3.0
ClassicsNow.net

靈魂的史詩 失樂園

原著：約翰‧彌爾頓
導讀：張隆溪
故事繪圖：吳孟芸

策畫：郝明義
主編：徐淑卿
美術設計：張士勇
編輯：李佳姍
圖片編輯：陳怡慈
編輯助理：崔瑋娟
美術編輯：倪孟慧　戴妙容
邊欄短文寫作：蕭詒軒
校對：呂佳真

企畫：網路與書股份有限公司
出版者：大塊文化出版股份有限公司
台北市10550南京東路四段25號11樓
www.locuspublishing.com
讀者服務專線：0800-006689
TEL：886-2-87123898　FAX：886-2-87123897
郵撥帳號：18955675
戶名：大塊文化出版股份有限公司
法律顧問：全理法律事務所董安丹律師
版權所有　翻印必究

總經銷：大和書報圖書股份有限公司
地址：台北縣新莊市五工五路2號
TEL：886-2-8990-2588　FAX：886-2-2290-1658
製版：瑞豐實業股份有限公司
初版一刷：2010年5月
定價：新台幣220元
Printed in Taiwan

靈魂的史詩《失樂園》 = Paradise lost / 約
翰‧彌爾頓(John Milton)原著 ；張隆溪導讀
；吳孟芸故事繪圖. -- 初版. -- 臺北市 ：大塊
文化, 2010.05
　　面 ；　　公分. --（經典 3.0 ；007）

ISBN 978-986-213-178-7(平裝)

873.51　　　　　　　　　　99004725